Les 84 marches

Édition : JDH Éditions

77600 Bussy-Saint-Georges. France
Imprimé par BoD – Books on Demand, Norderstedt, Allemagne

Illustration couverture : Yoann Laurent-Rouault, pour la Cat's Society & Causa Ludendi production
Avec le concours de Cynthia Skorupa pour JDH Éditions
Corrections : Clémentine Vacherie

ISBN : 978-2-38127-216-0
Dépôt légal : novembre 2021

Yoann Laurent-Rouault

Les 84 marches

Texte d'anticipation

JDH Éditions
F-Files

À mon ami Jean-David Haddad et à mon fils, Arthur.

« Le collectivisme efface les tracas personnels. La pensée unique édulcore le drame. Le virus tue la polémique. La dictature répond aux consciences. Tous les grands problèmes de la société d'avant ont été résolus par 84 mesures phares mises en action les unes après les autres par le Guide Suprême et son Directoire. Ils ont ainsi construit la dictature la plus complète et la plus sordide que l'humanité ait connue jusqu'ici. En 84 inhumanités. »

YLR

I

« L'Ordre Nouveau est le seul à pouvoir vous sauver. Le seul à vouloir vous préserver. Le seul en qui vous pouvez avoir une confiance aveugle. »

(Extrait du discours dit de « La fondation », décembre 2023)

En ce début de l'automne 2026, j'ai l'impression cancéreuse d'être happé par un mauvais rêve qui ne me quitte plus. Je crois que ce cauchemar a la ferme intention de me détruire. Mais avant d'en finir avec moi, il veut d'abord pourrir le moindre recoin de mon cerveau. C'est comme si je vivais avec une sorte d'entité. Et cette salope fait les trois-huit. Elle est tellement acharnée à la tâche, que j'ai l'impression d'avoir l'encéphale en rideau. J'ai cent milliards de synapses communs qui pataugent dans une béchamel infernale. Qui sont otages d'une soupière pleine de merde qui refuse de les laisser se carapater à l'air libre. Je rêve éveillé du pire. D'un cauchemar que des millions de personnes vivent aussi. Ce qui le renforce dans sa résonnance à cause de l'unisson des âmes.

Je vais écrire mon histoire parce que j'ai besoin d'écrire. J'ai besoin de m'évader de mon quotidien abject. De vidanger mon cerveau sur la page et de faire le point. Comme je veux aussi laisser mon témoignage à la postérité. Je souhaite et j'espère qu'un jour quelqu'un le découvre. Dans un autre temps et sous d'autres cieux. Et qu'il le partage avec ceux de son époque.

Parce que vous, les gens du futur, vous ne trouverez jamais la vérité de nos vies actuelles dans un manuel. Les historiens fantasment beaucoup. Ils composent. Ils imaginent. Ils ont trop menti et trop souvent ils ont écrit l'Histoire avec les vainqueurs. Je ne leur fais plus confiance. Le récit que je vous offre colle le plus sincèrement du monde à la réalité que je vis. Que notre monde subit. Je vous en fais le serment.

Les évènements de ces dernières années ont bousillé mes capacités d'adaptation et ils ont fortement abîmé ma volonté. Au point que j'ai presque envie de passer mon tour. D'arrêter d'exister. D'en finir avec tout. Je ne supporte plus cette vie. Je me fais violence pour continuer à participer au spectacle, parce que j'ai une famille. Parce que je suis pour mon plus grand malheur, un connard responsable. Un connard aimant. Un papa et un mari à l'ancienne. Alors, j'essaie de m'accrocher aux branches tant bien que mal. Je me dis pour me rassurer que je ne suis pas si vieux. Que je ne suis pas encore un de ces viocs bouffés par un Alzheimer foudroyant ! Que je ne suis pas encore un cadavre en maturation active ! Que ma vie n'est pas terminée ! Que la vie elle-même a encore une chance.

Mais quand je regarde autour de moi, tout me renvoie à ma fin. La vie que j'ai vécue avant s'efface peu à peu. J'essaie de lutter contre ça au son d'une saloperie de Javanaise obsédante qui me résonne dans les oreilles. Elle se coince entre deux flottements cérébraux, entre deux coups de jus aléatoires de ma gégène personnelle. J'ai un mal de chien à me souvenir précisément de cet « avant » qui m'obsède maintenant. De ce que je vivais « avant ». Avant qu'ils ne prennent le pouvoir. Avant qu'ils nous foutent nos vies en l'air.

Et quand, par coup de bol, j'arrive à me souvenir précisément de l'avant, avec des émotions connes et heureuses qui galopent sur ma peau et me foutent des frissons, très vite, j'en reviens à cet effroyable constat d'échec. Avec un résultat d'addition aussi intime qu'amer. Et c'est là qu'un goût dégueulasse m'emplit la bouche. Et il perdure en saveur.

Puis, viennent les questions. Et parmi elles, une revient sans cesse et se détache nettement du peloton. Une en principale. Une belle salope maquillée comme pour jouer le numéro osé d'un transsexuel de cabaret berlinois, et qui se présente sans cesse au portillon et tire la clochette en se marrant. Elle est la reine de mon cerveau. La daronne. Elle se nourrit exclusivement du jus de mes angoisses. C'est une suceuse d'espoir et une baiseuse perverse. Elle me mine l'esprit. Elle éclate le barrage de ma raison comme une vague scélérate qui descend une vallée avec la furieuse intention de tout noyer sur son passage. Cette question c'est : « Comment ai-je pu être aussi con ? » Question que j'offre à qui la lira…

Et cette salope de question provoque évidemment d'autres questions. Elle copule et multiplie les boulettes de poiscaille à la table. Mon Jésus a beau crier au plagiat, croyez-moi, elle s'en tape ! Ces nouvelles questions débaroulent en fanfare dans la salle de bal. Certaines de ces questions trouvent parfois des réponses. Elles font comme des éclaircies dans mon ciel de vie, même si le temps reste gros. Mais la majorité de leurs frangines ne trouvent pas d'écho. Et ce n'est pas bon pour le moral. Ni pour garder l'espoir. Pourtant, le moral comme l'espoir sont reconnus comme armes de guerre. Et nous sommes en guerre.

Alors, se traiter de con, de lâche ou d'abruti complet ne change rien au problème. Je le sais bien. Ça ne suffit pas à effacer l'ardoise. Mais putain, ce que j'ai mal au cul d'en être arrivé là ! Et nous en sommes tous là. Et bien là. Piégés, humiliés, détruits, attachés au poteau avec les couilles refaites au sécateur. Le quotidien est devenu si abject que j'ai l'impression que la vie fuit en avant, façon record du 100 mètres. J'essaie vainement de la rattraper de ma conscience, comme du reste. Mais au final, je n'arrive à la suivre que de loin. Avec l'angoisse infinie, tonitruante de résonnances mentales insupportables, de risquer un jour de la perdre des yeux. Définitivement. De la voir disparaître. La voir disparaître… Connaissez-vous une expression plus conne que « voir disparaître » ?

Quoi qu'il en soit, la vie cavale beaucoup plus vite que moi. Elle s'éloigne irrémédiablement en emportant mes espoirs sous le bras comme jadis Bébert emportait sa baguette au bistrot. Et je ne suis plus qu'impuissance et angoisse. Je deviens un sinistre huissier de justice de l'improbable. Avec le constat en pogne, planté debout devant l'inventaire, là sur le trottoir, immobile comme un con à attendre un camion de déménagement qui ne viendra pas. Ce qui est certain, et c'est devenu le seul point de repère viable dans cet enfer, c'est que ce qui faisait hier n'est plus. N'existe plus. Et qu'il faut se réinventer comme il faut inventer notre survie.

Mes souvenirs reviennent parfois, mais à la façon des grésillements lumineux et insectivores des tubes néon du plafond de la salle d'opération de ma clinique. Par séquences, par flashs. Tensions, propagations, rythmes, synchronisations, aucunes de ces étapes naturelles raisonnables ne trouve d'échos dans mon cerveau en surchauffe. En conséquence, mes souvenirs n'ont plus de toit pour s'abriter. Ils errent comme des clodos sous les ponts et déambulent en chaloupant dans des tunnels étroits. Ils en viennent à se matérialiser et à se cogner aux murs. Ils ne sont plus que des bouts de barbaques sanguinolentes qui se déchirent sur les fils de fer barbelés des clôtures qui m'entourent. Ma colère est immense. Tout aussi grandiloquente que mon abattement. Quant à ma peur, elle se tape une baise hardcore avec mon angoisse et ce sont mes nausées qui filment le coït infernal.

J'essaie de réfléchir. J'essaie de me calmer. J'essaie de comprendre. Comme j'essaie de me situer dans tout ce merdier. Je repasse le film de ces six dernières années. Et il ne fait que me renvoyer à « l'avant tout ça ». Inévitablement. Et à mes responsabilités. Comme à ma lâcheté.

Comme à mes jolies prérogatives de père de famille qui a voulu à tout prix préserver le confort de sa petite maisonnée. Et qui a cru comme un con qu'il pourrait aménager le temps et l'espace et laisser la chèvre se taper le chou, pour ensuite faire un méchoui avec l'odieux animal. Foutaises !

Je n'ai pas fait ce qu'il fallait, et puis c'est tout. J'ai chié copieusement dans la colle.

Parfois, j'arrive à me consoler un peu en marmonnant comme un vieux patineur alcoolo coincé sur un 78 tours, que j'ai pourtant averti des risques. Que j'ai écrit, que j'ai informé les gens sur ce qu'il pouvait advenir de nous. Que j'ai encaissé les insultes et les vannes et que j'ai continué à crier au loup malgré tout. Que j'ai tenté de faire réagir les cons ! Mais qu'est-ce qu'une voix dans une foule ? Ce que j'ai pu être naïf ! Je mériterais une médaille pour avoir été aussi stupide. Mais, pour qui, pour qui me suis-je pris ? Pour le pape ?

Comment ai-je pu croire que ma voix serait entendue, qu'elle serait assez forte pour convaincre des gens d'en convaincre d'autres et de se rallier à un mouvement dissident suffisamment efficace pour faire plier le dictateur et ses pantins qui s'annonçaient ? Qu'un mouvement populaire renverserait la dictature qui se mettait en place ? Et comme tous les cons qui ont essayé, je me suis planté. Concrètement, j'ai laissé ma famille se foutre dans la merde en me suivant, alors qu'elle avait confiance en moi. J'aurais dû fuir, les emmener loin de tout ça. J'ai péché par orgueil. Par paresse et par peur. Par vieillesse. C'est sans pardon. Sans billet de retour. Et ceux qui ont pris le même chemin que moi à l'époque ne sont pas plus avancés. D'ailleurs, ils ont disparu dans les limbes. En cela, je suis aussi un survivant. Et c'est mon insignifiance qui m'a sauvé. Paradoxalement.

Depuis, j'ai déjà gravi quelques marches de l'escalier infernal avec une fourche au cul. Par la force des choses. Je sais que je suis loin, très loin de la dernière marche. Et que je n'y arriverai probablement jamais. Comme j'ai fini par comprendre qu'il est impossible de redescendre l'escalier.

***

II

« La marche du temps ne sera plus jamais la même. Nous venons de tirer l'ultime enseignement de toutes les années d'errances et de tâtonnements des civilisations terrestres. Nous savons désormais où est la vérité. Où est la survie. L'Ordre Nouveau incarne ce savoir. Et ce savoir est céleste. »

(Discours de la fondation, Guide Suprême)

Je regarde par la fenêtre et mes vingt ans ont déjà deux siècles. Ils sont si loin que je me demande s'ils ont réellement existé. J'ai le sentiment étrange de vivre une deuxième vie. Mais une vie qui prolongerait la première uniquement par punition. Je vis une sorte d'expiation masochiste. Une longue flagellation abusive et sans plaisir. Et sans pour autant honorer un diable en quittant un dieu. J'en arrive à l'indélicat constat que continuer de respirer n'est pas un bénéfice. Mais bel et bien une malédiction.

Je patauge dans cet ailleurs improbable. La moindre preuve « d'avant » est la bienvenue pour m'aider à avoir pied. Là, par exemple, je regarde la photo de mariage de mes grands-parents que j'ai toujours conservée pieusement. Pour moi, elle est un jalon, un repère sur terre, une balise en mer et une carte du ciel à la fois. C'est une vieille constellation que mon philosophe cite en référence dans son débat comme preuve de l'existence d'un continent perdu. Cette vieille image jaunie, imprimée sur papier baryté, m'aide à penser à mon enfance. À me rappeler la couleur des sentiments, comme disait la vieille perruche à chignon qui me faisait la classe. Elle m'aide à penser aux confitures mangées avec les doigts, aux bastons avec les copains, aux jeux innocents et au parfum des jeunes filles en fleur. Bordel, pourquoi le temps a-t-il continué sa course imbécile et meurtrière ? C'était pourtant bien. Aujourd'hui seulement je mesure combien c'était bien. Parfois, entre deux récriminations, je me fais l'effet d'être un vieux machin emballé dans de la toile cirée. Je regarde sur la photographie, ce qui était alors un jeune couple, et par association d'idées, je pense à leur guerre. À ce qu'ils ont pu vivre quand ils étaient en première ligne en Normandie en 44. À leurs sacrifices et aux histoires atroces qu'ils se racontaient entre eux, à mi-voix, pour que les mioches n'entendent pas, mais que nous écoutions en secret, embusqués dans l'escalier de la cuisine. Je crois qu'ils revenaient sur le passé pour se rassurer sur l'idée qu'ils s'en étaient tirés autant que sur l'idée qu'ils n'avaient pas rêvé. J'essaie de mesurer ce que cette période avait inscrit en eux. Comme ce que je vis aujourd'hui grave dans la mienne…

Je me rassure en me disant que chaque époque connaît ses drames. Qu'à chacun sa merde et à toutes une croix. Et que jusque-là, la vie a continué. Bon gré, mal gré. Salope et amoureuse à la fois. Et qu'une vie en particulier dans le principe même de la vie, ce n'est rien. Bien moins qu'un grain de sable fin sur la plus grande des plages.

Mes premiers vrais souvenirs avec eux remontent à la toute fin des seventies. Ils sont heureux. Libres. Gais. Vivants. Nous les gamins, nous pouvions faire ce que nous voulions à partir du moment où nous étions à l'heure à la table et que nous disions notre prière avant de dormir. Nous pouvions barboter dans la flotte sans maîtres-nageurs et sans bouées, nous ravager un coude ou un genou sans que l'on nous achète un hôpital, boire au tuyau d'arrosage sans qu'on téléphone au centre antipoison, nous pouvions cueillir et manger les fruits à l'arbre sans les laver…

Je me souviens très bien que je grimpais à l'arrière de tout ce qui roulait, sans ceinture et sans casque, et que je courrais seul dans les rues du village sans croiser de grands méchants loups. Il était une fois un autre monde, mon gamin. Celui que l'on nous a volé petit morceau par petit morceau pour en arriver là. Au grand rien. À la grande fin. À la mort du petit cheval et à l'incendie de la calèche. À l'avènement de cette saloperie de numérique qui petit à petit a fini par tuer ce qu'il ne contrôlait pas.

Je regarde ce vieux cliché, et je suis presque heureux que mes aînés soient dans la sciure depuis belle lurette. Là où aujourd'hui je m'embourbe, où je m'enlise les deux savates les premières, eux auraient laissé la nature faire. Ils ne se seraient pas débattus. Conscients que quand il n'est plus temps, cela ne sert à rien de s'entêter. Mus par un vieux réflexe. Presque animal. Un réflexe qui a disparu pour nous faire le plus grand mal. Qui date du temps où l'on n'avait pas encore commencé à nous vendre le concept absurde de la vie à tout prix. À pointer du doigt tout ce qui tue, à commencer par la vie.

Ou alors, pour certains, ils auraient choisi de mourir les armes à la main. En héros, en résistant, debout sur la barricade, à un contre cent, comme des Cyrano, en hommes libres. Je sais que l'histoire aurait été différente avec eux, quoi qu'il en soit. Car ils n'étaient pas formatés comme nous. Ils n'avaient pas subi quatre décennies d'abrutissement propagandiste comme nous. Ils se seraient battus et n'auraient pas hésité à redéclencher la guerre civile qu'ils ont connue jadis. Oui, ceux que je connaissais n'auraient pas hésité à remettre du malheur sur le malheur et à vacciner le destin avec son propre venin ! Et, s'il vous plaît, ne me l'enlevez pas de l'idée.

Bien sûr, comme c'est le cas aujourd'hui, les moutonnants bêlants sans noirceurs, comme les suceurs de queues devant l'éternel auraient été légion, mais, il y aurait eu un espoir. Une victoire possible au bout du fusil.

Cette génération ne fréquentait le virtuel que dans les églises. Cette génération ne se mettait en ligne que pour tailler une bavette avec l'éternel, son gamin, ses bonnes femmes et ses saints ! C'était le seul portail abstrait dans leurs vies. Ils ne se seraient pas laissé piéger comme nous. Ils ne se seraient pas laissé embarquer dans un système qui petit à petit déciderait pour eux jusque dans l'intime. Et qui à terme, les annihilerait. Ils ne seraient pas devenus les tranches de bidoches sous plastique que nous avons accepté de devenir. Mais peut-être que je délire ? Peut-être que je me rassure. Peut-être que j'essaie simplement d'en arriver à la conclusion que l'humain n'est pas la merde absolue que je crois qu'il est. Il vaudrait mieux pour ma sauvegarde que j'arrive à cette conclusion.

Plus de deux décennies devraient encore filer sous mes fenêtres pour que je devienne un septuagénaire respectable. Alors, pourquoi je me sens si vieux ? Et si je les atteins, me laissera-t-on les vivre auprès des miens ? Et les miens, survivront-ils eux-mêmes à tout ça ? Aura-t-on encore le droit de vivre jusqu'à une date « naturelle » ? Ou continuera-t-on à décider comme maintenant de la date et de l'heure de notre mort à la place de la vie ?

Je suis perdu. Et se perdre sans pouvoir sortir de chez soi, c'est un comble. Je ne vois pas comment je peux tirer ma famille de cet enfer. Je ne vois pas de solutions. Je tourne en rond. J'ai du mal à réfléchir. Peut-être aussi que j'ai peur de ce que je pourrais décider ou entreprendre. Peur des risques. Peur de connaître pire que ce que je connais déjà. Et cette peur de les perdre est irrationnelle, puisqu'ils le sont déjà. Nous ne sommes pas dans les bonnes cases dessinées par l'Ordre Nouveau. Pour nous, les dés sont déjà jetés et ils sont tombés de la table. Je ne sais pas ce que j'attends pour agir. Il faut que je fasse quelque chose, sinon je vais crever la gueule ouverte.

***

III

« Ces entraves provisoires à la liberté des peuples sont utiles et indispensables pour la survie de la planète. Les pays signataires de la nouvelle charte des peuples sont l'avenir de l'humain. Aller contre, c'est déclarer la guerre à notre propre espèce. »

(Discours du 24 février 2024 du Guide Suprême à l'office des Nations.)

Il bruine gras et la caillante est magistrale. Je pense que si c'était encore possible, j'adopterais un phoque pour être raccord avec le climat. Le temps est anormalement froid pour la saison. Je n'ai jamais connu ça. Je vis le pire mois de février de ma vie. L'anomalie est réfrigérée. Mais je ne dois pas m'en faire. C'est ce qu'on me sonne dans les écoutilles toute la journée. D'après eux, ce grand froid est normal. Le Directoire dit que c'est le temps d'autrefois qui fait son grand retour ! Que nous vivons une météo d'avant, que c'est un climat que l'État a restauré en prenant les bonnes mesures pour endiguer la pollution ! Une météorologie que les moins de cent ans ne peuvent pas connaître, en résumé !

Sachant que tout ce qui a plus de 65 piges est cané, cramé et transformé en engrais, je serais surpris que quelqu'un connaisse l'ère glaciaire que ces salopards nous vendent comme une réussite. Alors, pour entériner l'idée chez le décérébré commun, ponctuellement, on montre des images de la grande rivière glacée qui traverse la capitale. Blanche. Immaculée. Belle et pure comme une pucelle le jour de ses fiançailles. Les ponts tricentenaires sont figés dans un décor de Noël à la Disneyland. Je suis presque surpris de ne pas voir les 7 nains traverser les ponts en sifflant. Ils n'ont pas dû réussir à en trouver 7 encore vivants.

Les journaleux comparent ces prises de vues *officielles* à d'autres images, restaurées elles aussi, qui datent du début du XXe siècle. Je me demande d'où elles viennent, vu que les Archives nationales ont cramé à l'hiver 2022. Comme la Grande Bibliothèque, le même mois. D'après le ministre de l'Intérieur, c'était un sale coup *des terroristes radicaux musulmans*. *Des attentats bien menés et programmés à un moment où les forces antiterroristes de notre nation n'avaient pas les moyens d'agir efficacement contre la menace extrémiste et religieuse* à cause de la pandémie et des évènements qui y étaient liés.

Ce que je constate, c'est que ces incendies sont tombés à point nommé, en bousillant toutes les références culturelles originelles et en détruisant l'histoire du pays par ricochet. Ce n'est pas nouveau comme combine, ça a fonctionné au Caire, à Berlin ou encore à Sarajevo en d'autres temps. Bref, partout où des salopards de leurs calibres sont en exercice.

Les experts en blouse blanche de la télévision estiment que le niveau de pollution du début de l'année 2026 est revenu à celui de 1902. Preuves à l'appui, d'après les propagandistes réunis, puisque ce sont les mêmes vues qui sont comparées d'un siècle sur l'autre. Les bonimenteurs de plateaux se gargarisent, car dans notre malheur et celui de la planète, *ces entraves provisoires à la liberté des peuples que certains vivent si mal sont décidément bien utiles.* Les intervenants félicitent les gouvernements des différents pays qui appliquent une politique similaire à la nôtre. Ils bénissent façon pape à la plage notre Guide Suprême. Vous pouvez traduire ce dernier terme par la formule « enculé premier ». Et ils fustigent les gouvernements *anarchiques* qui tentent de vivre comme avant la pandémie. Pour eux, ce sont des salopards sans foi ni loi qui mettent le monde en péril avec leurs incompétences notoires, leur aveuglement et leur égoïsme. Pour résumer.

On nous vante à longueur de temps les résultats faramineux engendrés par *la politique autoritaire, mais juste, de notre Guide Suprême. Par la bienveillance de l'action.* De son action en particulier, donc. Cette formule alambiquée clôt tous les messages officiels depuis quelques semaines. Elle me colle de l'urticaire. Elle me donne des envies de meurtres. Et, je sais de source certaine, par un message codé que j'ai décrypté il y a quelques jours sur le réseau pirate, avec des prises de vues numériques à l'appui, que le sud du pays, lui, est ravagé par une sécheresse sans précédent. Que ses habitants crèvent de faim et de soif. L'enfumage est constant, le mensonge tourne en boucle, désinformation et contre-information coupent les oignons en quatre en faisant semblant de pleurer. Les types de la propagande qui sont aux épluchures connaissent bien leur boulot.

Pendant que j'écris ceci, j'essaie de me souvenir de ma première colère ouverte contre cette propagande d'État. De ma première prise de conscience. Sinon, des débuts de ma traversée du désert. J'avais déjà constaté amèrement tout au long de ma vie d'homme, comme écrivait Audiard, que deux intellectuels assis vont moins loin que deux cons qui marchent. Je crois que c'était en août 2021 qu'un soir, j'avais shooté de colère mon téléviseur. Nous venions d'annuler nos vacances en famille pour cause « d'ausweis sanitaires » obligatoires. Nous n'étions pas d'accord avec ce principe ségrégationniste d'une part, ensuite nous avions déjà refusé la vaccination. Pour la vaccination, la suite nous a donné raison.

Alors, j'avais passé mes vacances à bosser par dépit autant que pour m'occuper l'esprit. J'animais une revue littéraire dont j'étais alors le rédacteur en chef. Je multipliais les articles contre les dirigeants de notre pays et leur politique aberrante. Je m'insurgeais contre la ségrégation, contre l'infantilisation de la population, contre la vaccination obligatoire qui pointait le bout de son nez, contre le système. Nous avions de l'audience, mais elle était limitée par nos moyens de diffusion. Quand j'y repense aujourd'hui, je me dis que j'ai eu de la chance que la jeune revue ne fût pas très connue. Sinon, je n'écrirais pas ces lignes aujourd'hui. Je me la pèterais à la Soljenitsyne sur un coin de banquise à l'ombre des miradors. Dans le meilleur des cas.

Parce que tous les intellectuels qui ont œuvré dans cette période contre le gouvernement de cette époque ont totalement disparu de la circulation dans les mois suivants.

Je voyais pourtant avec plaisir, en ce mois d'août 2021, défiler dans plusieurs capitales et quelques centaines de villes les *Anti-Pass* et les *Anti-Vax,* accompagnés de quelques vaccinés qui regrettaient de l'être, comme des corporations pour qui il était obligatoire de s'empoisonner pour exercer leurs métiers et qui refusaient l'idée. Je dialoguais aussi avec des gens munis du passeport sanitaire qui se refusaient à l'utiliser. Au nom de la liberté. Au nom de l'équité. Et ceux-là me rassuraient. Mais avec le temps, ce mouvement populaire est retombé comme un soufflet refroidi à l'azote liquide. Pourtant, j'avais de l'espoir à l'époque. Je vous le jure. Je croyais que la pompe était amorcée et que ces fumiers allaient se faire vider des palais ! Que cela prendrait l'ampleur des mouvements sociaux des années précédentes, mais en allant cette fois-ci jusqu'au bout pour retrouver la liberté et lui rouler une pelle.

Mais la propagande d'État faisait déjà des ravages conséquents. Jour et nuit, sur toutes les chaînes, sur toutes les radios, l'État vendait le vaccin comme la solution pour le retour à une vie « normale ». L'État, à longueur de spot, mettait en scène les vieux, les jeunes, les sportifs, les trentenaires, les quadras, et tout le reste, si bien qu'au résultat, tous les cons pouvaient s'identifier. Et rien ne plaît plus à un con que de se reconnaître à l'écran. C'est son miroir. Comme les clébards, le con aime se flairer le cul et se contempler dans la glace du four. La publicité classique portait elle-même des messages qui allaient dans le sens du « sois beau et tais-toi » généralisé. La censure sur les réseaux sociaux redoublait. Les majors du genre coopéraient, multipliaient les contrôles et les alertes. Leur mission était de convaincre, séduire, obliger, culpabiliser ou foutre les jetons aux connards de base. On ne pouvait plus lire une ligne sans rencontrer les mots « vaccin » ou « Covid ».

Petit à petit, toutes les dissidences se sont éteintes. La population du pays était vaccinée à hauteur de plus des deux tiers à la fin du mois de septembre 2021. Au nom d'un retour à la normale. Au nom de la paix sociale et je ne sais quelles autres conneries du même acabit. Et nous étions dans les mêmes proportions de vaccinés un peu partout dans le monde. Puis ce fut au tour des fournisseurs d'accès Internet de trouver des solutions pour endiguer la dissidence, pour contrôler le moindre IP, la moindre connexion, et la messe d'enterrement de la liberté fut dite.

À partir de l'hiver 2021-2022, les arrestations pour appel à l'insurrection, pour terrorisme ou pour atteinte à la sûreté de l'État se sont multipliées. Les conséquences personnelles pour les « rebelles » étaient si graves que, petit à petit, tous se sont rendus et sont retournés prier dans leurs placards. Dans le même temps, presque tous les médias indépendants du web ont disparu. Chassés et exterminés par des procédures menées par des cabinets d'avocats zélés travaillant ouvertement pour le pouvoir. Même des grands noms du journalisme, même des références connues mondialement ont péri étouffées sous l'oreiller. Ce qui me rend dingue, c'est que la majorité des gens ne comprenaient pas que cette crise n'était pas sanitaire, mais politique. Politique et à triple vocation : génocidaire, écologiste et mondialiste.

Seulement, notre nation n'a pas eu de chance. Son dirigeant se rêvait en maître de l'univers. Et tout était minutieusement préparé. Si bien préparé que ces enfoirés avaient toujours plusieurs coups d'avance sur toute opposition. Une « blitz Grieg » était en marche et une fois encore, l'armée de l'ombre a pris une branlée sévère et est retournée pleurer ses morts dans les caves.

Les autres pays n'ont pas eu beaucoup plus de chance, vous me direz… Au début 2023, la situation internationale n'était pas brillante. La Chine et les USA commençaient à se mettre sur la gueule assez méchamment. Les British avaient condamné leur île à tous ceux qui n'avaient pas de grandes oreilles et les dents en avant. Des troupes américaines stationnaient sur leur territoire et dans les 54 autres États du Commonwealth. L'Allemagne, l'Italie et l'Autriche se battaient pour ne pas se faire prendre à la gorge par des mouvements fascistes internes, qui étaient pour la plupart déjà actifs politiquement depuis 2020. Le Portugal, l'Irlande, la Belgique, la Grèce et d'autres avaient déjà déposé le bilan moral, institutionnel et financier. Ils sont devenus colonies des États fascistes aujourd'hui. L'Union européenne quant à elle, n'est plus qu'un souvenir amer et con. C'est la Pologne qui a précipité sa chute. Pologne qui aujourd'hui est à nouveau rayée des cadres. Quant à l'Afrique, l'épidémie, les guerres et les religions y faisaient leur œuvre en grand. En très grand. Dans des proportions jamais atteintes. Malgré le parapluie anglo-américain pour les états membres. L'Asie s'est totalement fermée à l'Occident dès le printemps 2023. Pour le reste, je n'en sais pas plus, parce qu'aujourd'hui, il n'y a plus d'information viable qui circule. On nous a seulement montré les images de capitales en flammes, des colonnes de réfugiés sur les routes et des scènes à la *Mad Max*. Beaucoup de pays étaient plongés dans le chaos il y a encore moins d'un an. D'où les décisions isolationnistes de notre Guide Suprême. Et le tour de clé supplémentaire dans la serrure de la porte qui s'est refermée sur notre gueule.

La rumeur circule pourtant sur le réseau pirate, comme quoi certains pays de l'ancienne Europe de l'Est et la Russie seraient les derniers territoires libres, avec une partie du Canada et quelques bleds d'Amérique du Sud. Je ne sais pas si c'est vrai. Mais, quand j'y pense, ça me fait un peu de lumière à mettre sur la mèche de la bougie…

***

IV

« Au nom de la contamination et donc de la préservation de la vie, un certain nombre de lois particulièrement sévères seront actées et appliquées. Pour votre bien. »

(Le Guide Suprême, discours à la nation nouvelle du 23 octobre 2023)

Je suis sous la petite véranda collée au pignon de la maison. Je jette machinalement un œil à ma tocante. Il n'est pas encore 10 heures du matin Je n'ai pas encore le droit de mettre la truffe dans mon jardin. Je n'ai pas la permission *de franchir le seuil de l'habitation* avant l'heure d'État. Quand le moment viendra, je pourrai rester 10 minutes dehors. Puis, passé ce temps « respiratoire », je cèderai la place à ma femme qui déambulera 20 minutes environ dans l'allée, en pleurant de froid et de désespoir. Puis, elle laissera la dernière demi-heure de notre temps à notre fils. Elle me fait de la peine quand je la regarde. Elle se fane. Comme une fleur coupée abandonnée sur une table de cuisine. Comme la sacrifiée du bouquet. Elle est pourtant si belle. Elle était si libre. C'est elle mon pays. Ma vraie patrie. Comme mon fils est mon avenir.

Une seule personne à la fois peut sortir du logement. Nous lui laissons le plus d'espace possible au quotidien. C'est encore un enfant. Il n'a que 6 ans. Nous pétons de trouille qu'il franchisse les balises. Nous le surveillons depuis la porte. Sans nous montrer. Parfois, je ne sors pas. Je laisse ma place à mes deux amours. Je prends des risques, car nous sommes épiés en permanence. Mais tous les trois, nous devrions nous montrer à tour de rôle. Sinon, la milice risque de venir contrôler que nous ne cachons pas un malade ou que nous ne dissimulons pas la fuite de l'un d'entre nous. Mais ils en ont tous les deux encore plus besoin que moi de cette « promenade ». Plusieurs drones de surveillance appartenant au garage à merde de la municipalité tournent en rond au-dessus du village à longueur de journée. J'entends leurs sinistres ronflements de gros insectes indélicats approcher de mon terrain. J'aimerais pouvoir les tirer au fusil. Mais je n'ai plus mon flingue depuis belle lurette. Les pandores sont passées le prendre il y a déjà longtemps. Chez moi comme partout. D'ailleurs, commettre ce genre d'acte me conduirait illico presto en camp de rééducation. Les camps de ce type ne sont pas une nouveauté dans le monde. Mais dans notre pays, c'est une première.

Mais quand même, quel pied ce serait de descendre une de ces saloperies ambulantes ! Ou un de ces fils de putes qui les manipulent depuis leur PC. J'aimerais connaître un de ces salopards. Et lui crever les yeux.

Je vois au loin sur la colline, depuis la fenêtre, deux bagnoles de la milice qui se tiennent prêtes à bondir pour « *appréhender le contrevenant* ». Ils sont bien placés et ils sont bien équipés… Leurs écrans de contrôle sont efficaces. Ils ne ratent rien. Ils sont payés aux résultats, ça les motive d'autant plus. Et depuis trois ans environ, ils ont tous les droits : celui de défoncer la porte de votre baraque comme celui d'abattre une clôture avec leurs véhicules d'intervention. Ils peuvent aussi perquisitionner, fouiller au corps et procéder à des arrestations arbitraires et les prolonger de plusieurs semaines par des épisodes de mise en quarantaine. Ils peuvent aussi tirer à vue. La femme du médecin du village est morte comme ça. Abattue parce qu'elle n'a pas réagi au quart de tour à l'ordre des miliciens. Cette femme était devenue sourde à la suite d'un accident, il y a quelques années. Elle ne les avait tout simplement pas entendus entrer chez elle. Toutes les lois judiciaires que nous connaissions et qui étaient encore en vigueur avant les évènements sont devenues caduques. Nous sommes sous la coupe *des lois exécutives de 2023 et de 2024*, comme ils les appellent. Et comme il n'y a plus de journal officiel depuis longtemps, on ne sait pas trop ce qu'elles contiennent. Mais ce qui est certain, c'est que toutes les lois d'avant, le Code pénal et le reste ont été déclarés nuls. Ils partagent maintenant le même cercueil que la liberté. Et, il est enterré profond ce putain de cercueil.

Si les tribunaux existent encore, s'ils sont encore pourvus de juges et de greffiers, d'huissiers et de flics, les avocats eux, sont recyclés en accusateurs. On n'instruit désormais plus qu'à charge et tout individu entrant dans un tribunal est condamné selon la peine fixée, sans autres discussions ou circonstances atténuantes reconnues. Peines qui ne comportent plus ni minimum ni maximum. Ni remises ni déduction du temps de la préventive. On juge seulement si on en rajoute au menu ou pas. Quitte à légiférer sur place.

La flicaille n'est pas bienveillante avec la population. Ces salopards sont des mercenaires. Et ce ne sont jamais les mêmes que nous voyons opérer dans le village. J'ai observé qu'ils ne restent sur le même poste que pour quatre semaines. Passé ce temps, ils repartent d'où ils sont venus et d'autres les remplacent. Et ainsi de suite. Avec ce système de roulement, ils n'ont pas le temps de créer des liens sociaux avec la population locale. Et donc en retour, ils n'ont ni permissivité ni empathie pour le bétail qu'ils surveillent. Et les saloperies qu'ils commettent portent moins à conséquence pour eux. Et je vous assure que nous ne sommes que du bétail à leurs yeux. On raconte des choses sur la flicaille derrière les clôtures. Des mots griffonnés passent de main en main en jouant à saute-barrière. Clandestinement bien évidemment. Se faire choper à jouer au facteur peut coûter extrêmement cher. Plusieurs familles ont totalement disparu du paysage parce que par exemple, deux gamins amoureux s'envoyaient des messages dans le creux de balles de tennis. *Au nom de la contamination et donc de la préservation des populations*, la milice fait exactement ce qu'elle veut. Et depuis quelques mois, ils ne s'emmerdent même plus à justifier leurs actions. C'est de pis en pis. Des jeunes filles et des femmes auraient été victimes de viols en réunion et de tortures lors de contrôles à domicile. Je ne sais pas si c'est vrai, pour être franc, je n'ai assisté à rien de tel dans ma rue pour le moment. Ce sont des bruits qui courent. Mais à voir le comportement des « aboyeurs de rue », je n'en serais pas plus surpris que ça. Ces types puent. Une chose est certaine, je ne ferai rien de délibéré pour attirer ces guignols dans ma maison. Mon instinct me l'interdit. Et une autre chose se dessine aussi clairement quand j'y réfléchis un peu plus, c'est qu'ils sont mes ennemis. Ils représentent l'Ordre Nouveau. Et il est mon ennemi. Intime.

Pourtant, de grandes campagnes médiatiques de plus en plus abrutissantes, parfois même en chanson, ont été orchestrées pour rendre sympathiques aux yeux de la population ces beaux miliciens sous combinaisons plastiques. Ces bites ambulantes emballées façon gants de ménage. Le motif est qu'on aurait besoin d'eux dans *les hauts ministères,* pour accomplir *des tâches civiques* non violentes dans l'idée. Plutôt que de s'emmerder à recruter de nouveaux sbires prépubères pour les exécuter et bouleverser le programme par le fait. Mais que voulez-vous, ils ne savent pas se tenir ! Et la population se terre dans les placards et dans les caves quand ils tapent aux portes comme quand ils les défoncent. C'est le règne de la peur pour ceux qui survivent et le règne de la terreur pour ceux qui dirigent.

Pour ma pomme, un porteur d'uniforme reste un porteur d'uniforme. Je n'ai jamais bien compris ceux qui en portent un, qui veulent, ou qui rêvent d'en porter un. Un uniforme représente le pouvoir en place, et le pouvoir qui mise sur l'uniforme pour se faire obéir est un pouvoir fasciste par définition. Un pouvoir répressif et sans envergure. Sans métier et sans mission véritable autre que mettre son cul dans de la soie sauvage. D'ailleurs, ne dit-on pas que l'autorité repose sur l'art de ne pas l'exercer ? En cela, si j'en crois la vie et l'histoire des hommes, l'Ordre Nouveau fera encore beaucoup de mal, mais finira par mourir de ses excès.

***

V

« Les problèmes de l'intégration des ressortissants étrangers sur notre territoire ne sont plus les nôtres. La donne a changé. Il n'y a plus d'immigration possible comme d'émigration possible sur ou depuis notre territoire. En revanche, toute personne qui n'a pas la nationalité requise au 1er janvier 2023 sera expulsée et reconduite aux frontières, sans distinction d'âge, de sexe ou de situation. Il n'y aura aucune exception. La seule émigration tolérée est celle des communautés africaines, asiatiques ou juives qui veulent retourner dans leurs pays d'origine. Et nous ne saurions que trop les encourager à le faire. L'Ordre Nouveau ne s'embarrassera pas du communautarisme folklorique de ces dissidents, comme cela a été le cas par le passé. Ni juiverie ni autre sectarisme n'est désormais toléré dans le pays. »

(Discours du ministre de l'Intérieur et des Frontières, mars 2023)

Il y a un peu plus de six mois, sous la pression d'Israël qui réagissait aux demandes incessantes des Juifs résidants de notre pays pour se barrer vite et loin, un accord a été passé entre les deux États. L'un est en guerre dans un Proche-Orient en flammes et a peu de marges de négociations. L'autre détenait plusieurs dizaines de milliers de personnes en otage. Alors, Israël a payé le prix fort, pour récupérer ces ressortissants qui ont miraculeusement échappé aux émeutes, à la vraie pandémie et à la répression. Ils ont besoin de ces gens pour repeupler leur pays et recruter des forces armées. Israël a abusé des vaccins en 2021, et les conséquences sur la population ont été catastrophiques pour eux, tant au point de vue sanitaire que politique.

L'antisémitisme mondial est presque revenu au niveau du temps de tonton Adolf et plusieurs villes du monde ont connu à nouveau les pogroms. Surtout au moment où la bourse mondiale a fermé ses portes et que les banques ont suivi le mouvement. Les Juifs sont alors redevenus, dans une opinion publique manipulée, responsables de tous les maux de la terre. Comme d'habitude. Le phénomène ne date pas d'hier. D'ailleurs, c'est un Juif qui a coulé le Titanic, c'est bien connu. Il s'appelait Iceberg, je crois.

Mais, l'évacuation de ces ressortissants, même une fois négociée, s'est très mal passée. On parle de centaines de morts par « accident ». Ou par « contamination » lors des mises en quarantaine. On sait aussi que l'Ordre Nouveau nationalise tout ce qui bouge, alors la spoliation y est certainement allée de bon train. Les ressortissants des autres pays ont été virés manu militari aussi. Mais plus proprement. Jetés dans le seul pays frontalier qui ne faisait pas encore partie à l'époque du pacte d'alliance des pays membres de l'Ordre Nouveau. Il faut croire que le concept dictatorial s'est bien exporté.

Pour résumer, tout individu ne pouvant justifier de la nationalité requise est reconduit à la frontière. Sans distinction d'âge ou de sexe. C'était une prérogative de l'extrême droite qui, lorsqu'elle faisait partie du premier gouvernement de coalition, l'avait fait valider par le Sénat au printemps 2023. Au prétexte de la pénurie alimentaire et du soulèvement des banlieues et des campagnes. Aujourd'hui, eux aussi se sont fait vider du gouvernement. La plupart ont « sauté ». Sur le prétexte des reliquats d'une affaire de gros sous enclenchée à l'automne 2021 pour certains et par les conséquences de scandales de mœurs savamment orchestrés pour d'autres. Et qui touchaient nombre de dirigeants dans le monde. Et nombres de partis politiques. Il faut bien comprendre que même au plus fort de la guerre civile et de la pandémie, la petite vie politique du pays a continué de vivre dans sa bulle, presque comme si de rien n'était. Les gouvernements de l'époque n'ont pas résisté et n'ont pas hésité à perdre des territoires, le plan de reconquête étant déjà acté. Plan qui tenait compte des ravages épidémiques à venir. Ils ont seulement assuré l'essentiel. L'économie et le contrôle des forces de l'ordre ainsi que la sauvegarde des ministères et des administrations centrales. Pour le reste, ils ont clairement abandonné le pays pendant cette période.

***

VI

« Je suis votre père. L'État est votre mère. Vous êtes nos enfants. »

(Le Guide Suprême, extrait du discours du sacre, 24 décembre 2024)

J'entends à la radio un message du gouvernement vantant l'hygiène dentaire et l'intérêt des rapports buccaux-génitaux pour les couples afin de satisfaire aux obligations actuelles de la politique de non-natalité. Autrement dit, pour maman, c'est une petite soupe et au lit, après s'être lavé les dents.

L'infantilisation des masses, encore et toujours. C'est le crédo depuis les années 2010, mais là, ils ont enfoncé le clou à coup de pelle Caterpillar. Et il n'est pas né celui qui apportera le pied de biche pour arracher ce putain de clou de la planche. Seulement, si aujourd'hui la majorité de la population n'est plus dupe du jeu de pute dont elle est victime, ça ne change plus grand-chose au problème. C'est trop tard. En cas de révolte, à moins d'accepter de prendre le risque de mourir fauché par des automatiques sur les premiers mètres parcourus en sortant en force de chez soi, il faut aussi accepter le fait qu'un missile peut raser un quartier. Ou un village. Et c'est déjà arrivé officiellement une bonne douzaine de fois depuis 2024. Au nom du terrorisme. Au nom de la sécurité de l'État. Au nom de la contamination. Au nom du diable et de ses putains.

Ces démonstrations de forces leur sont utiles pour conforter leur pouvoir. Elles sont spectaculaires, largement diffusées et très bien filmées. Et plus porteuses d'enseignements sur la population que les empoisonnements de l'eau potable ou que l*a circulation des nuages toxiques accidentels* d'il y a deux ans, mais qui ont quand même fait pas mal de ravages. Avec l'armée de l'Ordre Nouveau, le « Bagdad concert américain » des années 1990 se joue chez nous aujourd'hui. Et il n'y a pas de Picasso pour dénoncer ces nouveaux Guernica. Ni de musée pour exposer le tableau. La mort par pollution va à l'encontre du message environnemental qui est un des points forts de l'Ordre Nouveau. Aujourd'hui, les nuages toxiques ou les pluies empoisonnées font mauvais effet pour le Directoire. Même si parfois, elles viennent à se déchaîner sans qu'ils puissent intervenir parce qu'une bonne partie du monde industriel est en rideau. Sur tous les continents. Les accidents sont légion. Je serais curieux de connaître les chiffres seulement pour les secteurs nucléaire ou chimique. C'est un des fléaux qui nous guette. En plus du reste.

***

VII

« S'il faut pour survivre, laisser la dictature agir à la place de l'ironique et inerte démocratie, alors je suis un dictateur. »

(Discours du sacre, le Guide Suprême,
24 décembre 2024)

Ce n'est pas si compliqué de construire et de maintenir la dictature : il suffit de considérer que le pays de votre choix est un château. Et qu'un château se compose en dehors de son corps principal, de remparts, donc de frontières. Que ces remparts sont défendus par des hommes à qui on a donné un drapeau. Et à qui on a dit que ce drapeau est le leur et qu'ils ne doivent laisser personne le leur prendre. Que ce drapeau peut exiger d'eux qu'ils fassent le sacrifice de leur vie. Et qu'ils doivent accepter de faire ce sacrifice, puisque ce sacrifice suprême est la caution du système dans lequel ils se sont volontairement inscrits. Ensuite, ce drapeau doit flotter au vent sur le toit du château pour que chacun le voie bien.

Le château, c'est le lieu du pouvoir. C'est les palais, les chambres et les ministères, les forts et les casernes. Il est sur une hauteur. Il représente la hauteur. Il est hauteur. Il est entouré de remparts qui sont imprenables puisqu'il porte le drapeau. Et que vous le défendez.

Ensuite, il faut un chef charismatique à placer en haut des marches du grand escalier du château. Un chef fort et inflexible. Auréolé d'une certaine mythologie, liée à un conflit ou à une crise, de quelque nature qu'elle soit pourvu qu'elle fût grave. Il faut aussi que ce chef soit suivi dans son entreprise par des collaborateurs zélés. Et par des intellectuels corrompus. Il faut que ce chef, pour durer, soit en capacité de donner à ses suiveurs des intérêts sur la richesse réquisitionnée comme sur son pouvoir. Il lui faut aussi un message. Un message qui expliquera qu'il est le sauveur de la nation. Le redresseur de torts. Qu'il est la solution. Puis, il lui faut un organisme de propagande, qui sert ses décisions, ses projections comme son image et qui diffuse au mieux le message. Il lui faut aussi une armée obéissante et sous contrainte pour occuper les remparts du château, les palais et les ministères. Il lui faut aussi une police pour ses cours intérieures. Si vous réunissez tout ça, vous avez créé votre dictature.

Il y a encore moins de six ans, le mot « dictature » était un terme réservé. Il était principalement utilisé par ceux que l'on nommait alors les complotistes, ceux qu'ensuite on appelait les cinglés de terroristes parce qu'ils ne voulaient pas se faire vacciner et qu'ainsi ils empêchaient le fameux *retour à la normale* que le troupeau réclamait en mugissant. Ces terroristes, ces rebelles, ces enfants gâtés ne voulaient pas jouer le jeu des restrictions liberticides qu'imposait le gouvernement. Ils n'écoutaient pas son message. Ils remettaient même en cause le port du masque hygiénique, ces sauvages ! Incommodant et mettant en danger le plus grand nombre par leur résistance stupide et inutile à un virus que les gens ne croyaient pas fantoche. Ils osaient pisser sur les murs du château. Et manifester dans la cour. On avait beau dire que cette pandémie n'était pas celle qui était vendue, que ce virus devait circuler pour disparaître, comme n'importe quelle grippe, que les morts n'étaient pas si nombreuses que les chiffres officiels le déclaraient, que les victimes étaient principalement des gens qui étaient déjà en état de faiblesse avant le virus, que toute la machinerie gouvernementale et médicale était foireuse, mais rien, rien n'y faisait. Les vieux, les moutons, les collaborationnistes de l'État, les médias surpayés et corrompus, tous, tous écrasaient du talon la raison et fermaient la porte à toute discussion.

Les non-contaminés, comme les contaminés, risquaient de contaminer les vaccinés, déjà contaminés ou non. Une situation ubuesque, dénoncée par tous les corps médicaux, dénoncée par tous les types raisonnables du pays, dénoncée par beaucoup de vaccinés eux-mêmes. Mais rien n'y a fait. Les moutons faisaient bloc devant la bergerie. Quant au berger, il ricanait béatement.

Pendant que nous nous battions contre ça, inexorablement, le pouvoir avançait ses pièces sur l'échiquier. Et sa cavalerie a bouffé les lignes non pas par le flanc droit, mon Général, mais par le centre. Le discrédit fut apporté sur un plateau d'airain à ceux qui criaient au loup ! Qui s'insurgeaient contre le pouvoir ! À ceux qui manifestaient ! Aux scientifiques qui répétaient à qui voulait bien l'entendre que le vaccin était inefficace. Et dangereux. Qu'il n'était pas adapté et distribué sans discernement !

Pourtant, déjà, les témoignages sur les effets secondaires du vaccin se multipliaient, les procureurs eux-mêmes avouaient dès l'automne 2021 que leurs services étaient débordés par un afflux de plaintes incalculables de bons citoyens atteints de troubles médicaux graves à la suite de l'injection du sérum du mensonge. Le pays, comme bien d'autres, était coupé en deux. Fracturé, propre et net. Et moi, j'étais dans le camp de ces salopards de complotistes, j'étais un des mecs prêts à buter le type qui approcherait une seringue du bras de mon enfant ou du mien. Puis, l'impensable est arrivé. Et ce fut le génocide d'un tiers de la population mondiale en quelques mois. Mais si le scénario était écrit, nous, nous ne le savions pas.

***

VIII

« Pour simplifier et marquer le temps du renouveau par la bienveillance efficace de l'action gouvernementale. »

(Discours du renouveau en marche,
3 mars 2026)

Aujourd'hui, j'aimerais savoir ce que les braves gens qui nous fustigeaient, utilisent comme mot pour décrire ce qu'est devenu l'État qu'ils soutenaient alors bec et ongles. Pour décrire le système qui les a avalés. Corps et biens. Pour décrire la merde dans laquelle ils se noient. Ils ne pensent certainement plus que l'État les protège d'eux-mêmes. Et du reste. D'ailleurs, je crois que le noyau dur des convertis et des disciples de la secte des mecs qui pensaient comme lui est le premier à avoir rejoint les vertes prairies de ses ancêtres. Sacrifiés à la cause. Morts par centaines de milliers. Victimes de leur connerie.

Vous allez me dire, il y a toujours des obtus, des têtus, des bas de plafond comme des rase-moquettes qui sévissent dans les caves et dans les greniers. Des types qui ont la légalité dans le sang et le petit doigt irrémédiablement attiré par la couture du pantalon. D'accord, mais là, je ne vois pas qui aujourd'hui pourrait penser comme hier. À moins d'avoir le cul collé sur une des chaises de l'orchestre. Et d'être officiellement invité au concert.

D'après les informations officielles balancées en non-stop sur les chaînes propagandistes, le pays ne comptera bientôt plus de départements et plus de régions. Tous les noms « historiques » disparaissant au profit de la nouvelle nomenclature dictée par l'Ordre Nouveau. *Pour simplifier et marquer le temps du renouveau par la bienveillance efficace de l'action gouvernementale.* Seulement quatre grandes parties dessineront le pays dorénavant. Les Territoire du Nord, du Sud, de l'Est et de l'Ouest. Difficile de faire plus simple. Et le nom de ce qui fut ma patrie et celle de mes ancêtres changera également très prochainement. Car le Conseil de la Vérité de l'Ordre Nouveau, pour remercier son *Guide Suprême* d'avoir sauvé le pays du chaos, de la guerre civile et des virus, prévoit de le débaptiser pour lui donner le patronyme du grand homme. Ainsi crèvera notre pays, avec son histoire millénaire et ses arts. Sous les applaudissements de quelques dizaines d'individus choisis. Sans le consentement des zombies restants. Et personne ne leur demande leur avis. Tout le petit monde de la haute s'en cogne de leur avis. D'ailleurs, demande-t-on à un oiseau s'il veut vivre en cage ? Laissez la cage ouverte pour connaître sa réponse.

***

IX

« Toute influence religieuse sera désormais dénoncée et immédiatement annihilée. Les dieux appartiennent à l'obscurantisme des temps passés et à la barbarie d'un autre âge. Ces croyances sont non seulement ridicules à l'heure où la science domine le monde par sa clarté, mais sont aussi dangereuses pour l'équilibre des peuples. »

(Discours du Guide Suprême lors de la signature du Pacte d'alliance pour le monde de demain. Janvier 2024)

Je regarde mon jardin en friche. Il ne ressemble plus à rien. Et cette saloperie de balisage avec ces cordons jaunes façon scène de crime de séries policières rajoute du sordide sur le sordide. Comme une chiasse sur le plat de merde.

Autrefois, notre jardin, c'était un petit paradis pour bobos. Bordé de roses, habité par des acacias et des parterres de fleurs de saison. On y faisait pousser des aromates et des tomates cerises qu'on cueillait avec gourmandise pour l'apéritif. Il y avait aussi un pommier et un cerisier. Une table en fer forgé, une balancelle avec de gros coussins de couleur et de vieux bancs. Aujourd'hui, il est envahi par les ronces et les mauvaises herbes. Par la vermine. Il est à l'image de notre vie actuelle. Nous y avons pourtant vécu heureux dans ce jardin. Et c'était il n'y a pas si longtemps.

Autrefois...

Ce mot revient beaucoup dans nos conversations avec ma femme. Il s'accompagne souvent de quelques « dans le temps » larmoyants et de quelques « avant tout ça » colériques.

Mais, faire référence au passé, c'est une pensée interdite. Et ces mots font partie des expressions condamnées par l'Ordre Nouveau. Comme dans le discours de la propagande officielle, vous n'entendrez jamais un terme, un exemple ou une allusion qui ramène l'auditeur à l'Histoire. Tout du moins à un passé qui détermine une époque humaine et un contexte particulier. L'expression populaire « comme en 14 » par exemple, est rayée des cadres. Comme le conflit qui est lié à l'expression. Comme l'histoire des hommes qui ont vécu ce conflit. Comme les conséquences de ce conflit. La seule tolérance au passé tient dans les glorieux comparatifs liés à l'écologie. Il faut bien comprendre une chose, si vous avancez dans la lecture de ce témoignage testamentaire. Si, par je ne sais quel miracle, il vous parvient un jour d'un autre temps. L'idée-concept de l'Ordre Nouveau que le Directoire impose à chaque « numêtres » est maîtresse de l'individu jusque dans le choix de son vocabulaire.

Pour la marque du temps, il y eut aussi du changement. On ne dit plus le mois de « juin », par exemple, mais le sixième mois. De même que tous les mois comptent désormais trente jours. Et l'année compte 360 jours, comme une heure est composée de 3 600 secondes. Et cette logique en 3 et en 6 fut bien vendue et saluée au nom du progrès. Il paraîtrait qu'une vingtaine de pays dans le monde fonctionneraient dorénavant sur ce système calendaire. Je ne sais pas si c'est vrai ou si c'est encore un délire de l'autre fou de Guide de mes pelotes. Et puis ce n'est pas la première fois dans l'Histoire qu'un groupe de tarés réinventent le marquage du temps. Et ça ne sera malheureusement certainement pas la dernière.

Les dates partent dorénavant d'une année décrétée *zéro*. C'est à dire du mois de décembre 2024, plus précisément du 21 décembre. L'an zéro a commencé là. Au jour du cinquantième anniversaire du Guide Suprême. Depuis, aucunes dates anniversaire marquante, même des dates chrétiennes comme Noël ou Pâques, ne subsistent. Pas plus évidemment que celles des armistices ou de la fête nationale, par exemple. Plus un seul saint n'existe sur le papier et encore moins dans les cieux. C'est aujourd'hui, comme si le catholicisme et les autres croyances n'avaient jamais existé. Une liste de prénoms interdits, parce qu'à connotations religieuses trop marquées, ou à consonances « étrangères » a été publiée récemment par le ministère social. En parallèle, par toute une série de lois et de mesures, l'Ordre Nouveau a fait clairement comprendre à la population que l'avenir n'est plus aux noms, mais aux matricules. Le particularisme identitaire ne fait pas bon ménage avec la pensée unique. L'identité de l'individu doit s'effacer face au « grand tout » de l'Ordre Nouveau.

Les religions, lors du grand rassemblement des chefs des nations de l'Ordre du Renouveau, ont été déclarées nuisibles au projet et sont désormais interdites. Plus aucune religion n'est reconnue officiellement par ces pays. Plus aucun culte n'est toléré sur leurs territoires. Lors de la grande pandémie, et surtout lors du chaos qui s'en est suivi, des factions religieuses intégristes de tous bords ont multiplié les attentats et les tentatives de putschs dans tous ces pays aujourd'hui signataires. Aussi, les mesures prises sont-elles extrêmement sévères et malheureusement cautionnables par des faits dramatiques, dont certains ont marqué à jamais les esprits. Bien plus que le fameux 11 septembre du début du siècle. Si l'horreur est humaine, ses croyances le sont également.

Sur la quasi-totalité du continent, les religions sont donc officiellement identifiées comme sources principales de radicalisme, de dissidence et de terrorisme. Les religions sont un danger pour les Directoires en place. Un contre-pouvoir qu'ils ne tolèrent plus. La vingtaine de pays fascistes signataires du *pacte d'alliance pour l'Ordre Nouveau* ont ratifié ce traité qui bouleversa la planète entière et changera à jamais l'histoire millénaire des cultes. Du jour au lendemain, sur tout le continent, une chasse aux religieux s'orchestra. Une vaste campagne « publicitaire » mit en avant les crimes et les abus de ces religions, de la pédophilie catholique à la maltraitance des femmes musulmanes, en passant par les canaux du racisme et des attentats. Au résultat, un nombre incalculable de mosquées, de temples, d'églises et de synagogues brûlèrent dans les semaines qui suivirent et que les religieux du monde entier appelèrent sobrement *le grand bouleversement*. Même les organisations humanitaires aux socles religieux furent démantelées et leurs administrateurs arrêtés. Même les organisations artistiques furent dissoutes et condamnées. Des primes étaient offertes à la population pour dénoncer les pratiquants restant fidèles à leurs convictions et soutenant les religieux. C'est une sorte d'inquisition à l'envers qui prit forme, et dura au-delà du grand confinement.

Les religieux que ces chasses aux sorcières n'ont pas tués sont maintenant tous incarcérés pour *radicalisme* ou *activisme potentiel*. Le traité ne prévoit pas les cas de rédemption et encore moins le pardon. Et la chasse, deux ans plus tard, est encore ouverte. À travers le monde, cette décision des pays signataires a fait beaucoup de morts. Dans les deux camps.

Dans notre village, qui jusque-là avait été relativement préservé de toutes ces folies étatiques et religieuses, la police est pourtant venue chercher le prêtre, un beau dimanche matin de l'été 2024. À cette époque, nous n'avions même plus de gendarmes dans le village. Tous morts du virus. Personne n'assurait le rôle des pandores. Si ce n'est le maire, à l'extrême limite. C'était un brave homme dévoué à sa tâche. Et malgré tous les malheurs, nous nous en tirions très bien comme ça. Quant à notre cureton, c'était un rebelle dans l'âme. Malgré la menace universelle qui pesait sur lui et sur son culte, jusque dans nos confins, il mettait un point d'honneur à dire la messe de 11 heures du dimanche matin. Il choisissait soigneusement les passages de l'Ancien Testament qu'il lisait pour être raccord avec deux notions : l'actualité et le pardon. Il essayait d'apporter des pensées positives au village. Il n'accueillait pas ses fidèles dans le bâtiment, par peur d'être responsable de leur malheur, si par hasard on venait à l'emmerder, mais il diffusait sa messe par des haut-parleurs qu'il avait trouvés on ne sait où. J'avoue que ces bondieuseries du dimanche matin me tapaient sur les nerfs. Je n'ai jamais pu blairer les religieux, quels qu'ils soient. Mais, je respecte la foi des gens. Il faut de tout pour faire un monde…

S'il y en a qui sont assez cons pour croire à ces fables ou qui en ont besoin pour exister, c'est leur problème, après tout. Et puis, le bonhomme n'était pas dangereux. Et visiblement, pour certains, ces messes étaient un apaisement. Et de mon point de vue, tout ce qui apaisait les villageois était bon.

Quand les flics ont débarqué façon commando et fracturé les portes de la chapelle au bélier, ce fameux jour, il a réussi à se carapater et se barricader jusqu'en haut du clocher pour au final faire le saut de l'ange quelques heures après, après une ultime déclaration annonçant le pourquoi de son acte, pourtant en total désaccord avec les lois internes de son culte. Quel con !

Des gens, malgré le confinement, sont alors accourus de toute part pour se rejoindre sur le parvis, et constater de leurs yeux, l'impensable. Le curé était particulièrement aimé de ses ouailles. L'effroi, les larmes, la colère et la peur ont pris la foule aux tripes. Le cadavre mutilé du cureton devenait « saint » dans les consciences. Le sacrifice pour la culpabilité en somme. C'est là aussi une histoire aussi vieille que le Graal. C'est à ce moment que j'ai compris que je devais me barrer vite fait du parvis. J'ai à peine eu le temps de sauter par-dessus la haie de la place. Les forces de l'ordre, croyant se retrouver avec une émeute sur les bras, ont offert la communion à tous ces bons chrétiens en ouvrant un feu nourri. Il y a eu plus d'une trentaine de morts et de blessés ce jour-là. Dont le maire. Dont le médecin. Dont trois pauvres gamins. Et une amie. Une amie proche. Qui ne croyait même pas en Dieu.

***

X

« Une stricte et juste catégorisation de la population est nécessaire à l'avancement de nos projets, comme à l'application d'une politique et d'une justice plus humaine. Cette catégorisation est un pas de plus vers la réussite de notre nation. Vers le renouveau. Vers l'Ordre. »

(Discours du Guide Suprême, août 2024)

Il faut que je vous explique ce que sont les « numêtres ». C'est le nom que « la résistance » donne à celui qui par le passé était considéré comme un être humain et non comme un numéro fonctionnel. Mais qui aujourd'hui, s'il reste de la bidoche sur pattes capable de produire et d'obéir aux « *grands commandements* » du Guide et de ses sbires, n'a plus d'état civil autre qu'une suite de numéro suivie de deux lettres. Deux lettres qui changent tout au destin d'un homme. Qui vous répertorient ou non dans la bonne catégorie. C'est un peu comme une notation universitaire. De A à B, c'est bon, surtout pour les A. La lettre A symbolise la nouvelle élite.

Les B sont de bons partisans, souvent riches et souvent issus des meilleures familles de l'ancien gratin. Qui ont payé cher leur place au soleil. Et qui en retour jouissent d'une sécurité et de privilèges relatifs.

À la lettre C, les ennuis commencent à poindre. Les restrictions sont plus sévères et l'insécurité gagne du terrain. Pas tout à fait pauvre, non riche, mais productif. Beaucoup de jeunes femmes célibataires sont répertoriées dans cette catégorie. Elles seront ensuite « distribuées » en A ou B. Suivant leurs talents de courtisanes et bien sûr, leurs physiques.

À la lettre D, vous n'êtes plus rien. Vous êtes pire que du bétail. Un cerf de l'ancien temps. Pas tout à fait esclave, pas tout à fait homme, pas tout à fait animal. Un entre-deux mortel.

À la lettre E, c'est la condamnation à mort. Et à terme, au recyclage.

Un D ou un C devient un E si vous passez l'âge canonique de 65 ans. Seuls les A ou les B ont le droit de vieillir. Pour les autres, c'est interdit. Vous devez laisser la place aux jeunes. La femme du Guide Suprême a dépassé depuis longtemps la limite d'âge comme la date de péremption. Mais, elle est hors catégorie, vous vous en doutez. Et refaite de partout pour tromper non pas la loi, elle s'en cogne, mais les regards. Elle est tellement tirée, qu'elle doit avoir le trou du cul entre les omoplates maintenant. Mieux vaut ne pas se retrouver assis derrière elle.

Si la lettre X s'ajoute à votre matricule, cela veut dire que vous êtes officiellement « activiste » et donc sous le coup d'un possible emprisonnement, ou d'une rétrogradation de catégorie, au mieux. Le couperet tombera quand il tombera. Heureusement, l'administration a encore quelques lenteurs.

La lettre Z veut dire que vous êtes recherché et exécutable sur l'heure. Être « Fonctionnel » veut dire être capable de produire. Être non fonctionnel peut se traduire comme être « improductif », quelle qu'en soit la raison. Donc à court terme, à être considéré comme un individu non pris en charge par l'Ordre, et donc devenu parasitaire. Hors système. Donc vous finirez « dégagé ».

Fonctionnel se traduit par la lettre F, et non fonctionnel par la lettre H. Ce qui est terrible pour un père de famille qui est classé en D ou en C, c'est que ses enfants et sa femme le sont aussi par répercutions. La seule chance de voir l'immatriculation évoluer pour les enfants, c'est qu'ils soient totalement pris en charge par l'État. Et redistribués. Pour votre femme, c'est impossible.

Je suis un C.

Un CF.

Les numéros avant les lettres sont ceux de votre sexe, 0 pour les femmes, 1 pour les hommes, suivi de votre année de naissance sur 4 chiffres, suivie de votre catégorie professionnelle, suivie à nouveau des chiffres 0 ou 1 (1 si vous êtes fiché par la police pour quelque raison que ce soit) et les quatre derniers chiffres de votre code, personne ne sait exactement à quoi ils correspondent, si ce n'est les fonctionnaires du « chiffre ». Mais ce mystère ne me dit rien de bon. Je crois que c'est notre date de péremption codée. Comme jadis il y en avait une de collée au cul des yaourts. Mon matricule est donc le 1 1975 5 0 6888 CF.

Mon nom de famille n'intéresserait même plus un facteur. Seul compte ce numéro.

Les flics et les militaires, les gardiens et les miliciens sont automatiquement affublés de la lettre M. On dit qu'ils ont la « troisième lettre ». La lettre de l'impunité. L'estampille du permis de chasse et donc du permis de tuer.

***

XI

« La vie d'avant, celle que vous vouliez préserver au-delà de toute raison, contre le bien commun, est définitivement morte. Bannissez-la de vos mémoires, vous n'en vivrez que mieux. »

(*Discours de la victoire de la reconquête de la capitale, mai 2024, Guide Suprême*)

Le passé, à la maison, ne nous emmène pas encore totalement en nostalgie. La nostalgie demande du calme. De la sérénité. Une vue sur la mer ou sur un lac. D'un coucher de soleil. Elle a besoin d'un feu de bois et de rires d'enfants pour s'éveiller à la conscience de son porteur. D'une bonne bouteille de vin pour l'aider à éclore. La nostalgie se marie difficilement avec la peur. Avec l'insécurité. Avec la survivance.

Pourtant, parfois, elle nous revient doucement, à ma femme comme à moi, quand nous faisons l'amour pour ne pas oublier que nous nous aimons autant que nous le faisons aussi pour oublier le reste. Pourtant, dans notre situation, la nostalgie peut être dangereuse. Le passé peut tuer. Vous déprimer suffisamment pour que vous perdiez pied. Ou bien vous pousser à la faute, à la rébellion bravache et inutile.

Mon amour a passé ses quarante ans. Alors, elle ne rentre pas dans le programme de contrôle des naissances. Heureusement. Cela lui évite les intrusions répétitives au foyer des *« accompagnatrices à la procréation d'État »*, les APE. Et dans le cas d'une grossesse, cela lui évite aussi la quarantaine médicale qui va avec. Mais elle ne prend plus la pilule non plus. Elle a peur de ce que la pharmacopée de l'Ordre fournit. Elle a raison. Pour les femmes de son âge, une grossesse est une catastrophe. L'avortement est de toute façon devenu obligatoire. Quel que soit le stade de la grossesse. Quant aux grossesses clandestines, elles sont sévèrement punies et l'enfant immédiatement pris en charge par l'État. La rumeur court qu'ils sont euthanasiés. Comme des chiots au chenil des fourrières d'autrefois.

Chaque maison où vit un couple en âge de donner la vie doit régulièrement prouver qu'aucune grossesse n'est en train. Alors, nous ne faisons plus l'amour comme avant. On saute la dernière étape. Du moins, dans le commun. C'est encore une frustration supplémentaire de systématiquement tirer à côté. Une intrusion de plus de l'Ordre dans l'intimité absolue de notre couple. Mais, s'il y a une chose qu'ils ne contrôlent pas et qu'ils ne parviendront jamais à contrôler, c'est l'amour. Et sa tendresse. Comme sa folie. Et cette idée pourtant banale nous console un peu.

Moi non plus, je ne prends pas la pilule. Pourtant, elle est donnée aux hommes de plus de 35 ans. Et sa prise est en passe de devenir obligatoire. Qu'ils aillent se faire foutre.

***

XII

« La procréation non maîtrisée fut une erreur de l'Ancien Monde. Une erreur qui aurait pu détruire notre planète. La notion de famille, l'idée même de la famille y était jusque-là associée. Aujourd'hui, la famille d'un enfant, c'est l'État. Car il vient au monde uniquement par la volonté de l'État. Et s'il survit, c'est encore grâce à l'État. »

(Discours de la politique de procréation nouvelle, août 2025, mois 8 de l'an 1)

Notre fils vit dans un cocon tissé dans le meilleur fil d'acier par un dragon femelle, et sa baby-sitter, c'est King Kong. Et le dragon, c'est la meuf de King Kong.

Il est tout pour nous.

Il est l'essentiel.

C'est l'œuf d'or.

Lui, c'est demain.

Lui, c'est la vie.

Mais, notre nid est construit sur une branche pourrie. Nous en avons conscience. Nous sommes classés dans une catégorie faible de la population et c'est dangereux. Et le village fait l'objet de trop de surveillance, pour que rien d'horrible ne s'y passe un jour. C'est très étrange que nous ne soyons pas intégrés aux no man's land ruraux qui crèvent maintenant un peu partout dans le pays. La première ville est à 50 kilomètres de nous, à l'est. À l'ouest, il n'y a que de la plaine. Au sud, c'est la mer, et la première agglomération au nord est à 20 kilomètres et c'est aussi un village, et il est plus petit que le nôtre. Il doit y avoir une raison pour que nous soyons devenus une colonie de l'Ordre Nouveau, mais pour le moment, elle m'échappe. Et ce qui m'échappe et qui vient de ces salauds m'inquiète toujours plus que ce que je vois ou que je comprends d'eux.

Notre fils est aussi notre seule véritable peur. Nous avons retiré les marrons du feu depuis longtemps en ce qui nous concerne. Nos espoirs et nos vies sont passés à la trappe.

Nous l'avons eu tard notre enfant. Trop tard pour moi, mais pas pour elle. Elle se sentait prête. Et même s'il est né lors du premier confinement, et que déjà à l'époque cela a failli lui coûter la vie par manque de soin, que tout a été très compliqué, nous ne regrettions déjà rien. J'avais déjà deux enfants. Deux filles. Disparues des radars bien avant la pandémie. Même si je ne passe pas une journée sans penser à elles deux. Les divorces ne se passent pas toujours bien. Je ne sais pas ce qu'elles sont devenues. Et, je dois être le cadet de leurs soucis. Je ne sais même pas si elles savent qu'elles ont un petit frère. Elles devraient être adultes maintenant. J'essaie de me dire qu'elles ont du bon sens et qu'elles se démèneront pour survivre. Je sais qu'elles ne sont pas mortes. Je le sentirais autrement. Enfin, j'espère…

Notre seul lien avec notre humanité d'avant, c'est lui. C'est notre petit bonhomme. Notre seul objectif, c'est lui. Nous essayons de lui inventer un autre monde. Une autre dimension. De le faire rêver. La maison entière lui est dédiée. Tout tourne autour de lui. Tout est fait pour lui. Nous ne vivons que pour lui. Nos propres vies sont secondaires. Nous voulons qu'il devienne un homme et non qu'il se transforme en numêtre de l'Ordre Nouveau.

Ce qu'il ressent, ce qu'il interprète de la situation ?

Je vous répondrai que ses idées lui appartiennent tout autant que ses sentiments. Vous comprendrez que je ne tiens pas à les partager. Même ici, sur ce journal. Lui n'a vraiment que ce territoire qui lui revient. Ce n'est qu'une idée, certainement un peu abstraite, mais j'y tiens. Il y a des choses que l'on ne pourra jamais me prendre.

***

XIII

« Le programme de gestion sereine et responsable du budget individuel des catégories pauvres ou médiums de la population est devenu une priorité survivaliste et gouvernementale. Essentielle et indissociable de la pérennité de la nation. »

(Guide Suprême, discours du huitième jour du mois 2 de l'an 0)

On ne peut sortir que dans *l'espace respiratoire* dédié et balisé de chaque rue ou dans son jardin que de 10 heures à 11 heures du matin, comme je l'expliquais plus tôt. Et à condition que les terrains soient clôturés. Fermés hermétiquement « à l'autre » et surtout « à soi ». Il s'agit de délimiter consciencieusement les murs de votre propre prison. Il ne faut pas que le jardin ait une ouverture sur la rue pour qu'il puisse être utilisé pour la sortie journalière. Les gens ont barricadé leurs portails comme ils ont pu pour respecter la norme. La conséquence, c'est que les rues ne ressemblent plus à rien. Il faut aussi ajouter la condition que votre voisin ne soit pas contaminé ou soupçonné d'être le prochain numéro sur la liste des victimes de la grande pandémie. Sinon, sans être ironique, je dirais que c'est mort. Pour la sortie comme pour le reste. Les terrains privés sont balisés et mesurés par une application informatique satellitaire. Made in Google au début. Aucune marge d'erreur n'était possible. Des équipes municipales ont vérifié minutieusement et au cas par cas, la configuration de chaque lopin. Tant que ce n'est pas vérifié et validé de fait, vous n'avez pas d'autorisation de sortie. Une fois fait, si la demande aboutit, parce que par exemple vous êtes « un déplacé », vous la recevez par mail. Vous devez ensuite l'imprimer et l'afficher sur la fenêtre *passe-plats* de votre logement.

La fenêtre passe-plats est le nom donné au point de ravitaillement et d'informations obligatoires de chaque domicile. Elle peut être aussi matérialisée par un trou dans un mur ou dans une porte, qui doit être muni d'un système de fermeture, si vous n'avez pas la configuration qui s'y prête. Ou vous pouvez aussi télécharger le sésame sur votre téléphone et la présenter sur demande aux drones qui se pointent sur votre terrain quand vous y sortez. Sinon, c'est l'amende. Et en prime, le retrait de la permission de sortie. Vous vous retrouvez à la colle. Et ce sera pire si vous tombez directement sur des enculés moyens en combinaisons bleues qui se flattent la queue tous les soirs avec leur pouvoir milicien. Dieu seul sait où cela pourrait vous conduire. La moindre entorse aux règles se transformera en fracture ouverte.

Une fois dans le jardin, on doit se tenir à une distance minimale de trois mètres de chaque clôture du voisinage direct. Alors, certains se retrouvent à faire les cent pas dans une sorte de couloir large d'une trentaine de centimètres. Un mini couloir de Dantzig sans la vue sur mer, en somme. D'autres, qui n'ont pas 6 mètres linéaires de jardin, ne peuvent plus y mettre les pieds. Même pour cueillir des fruits. Même pour se nourrir. Tout jardinage, toute cueillette sont interdits. Comme l'arrosage. Il n'y a pas le droit d'utiliser des chaises et des tables de terrasse. Les terrasses privées ont été interdites à l'été 2023. Elles ont toutes été cramées sur les trottoirs par la municipale. L'eau courante est rationnée. Une autre application obligatoire bloque votre fourniture d'eau si vous dépassez la dotation quotidienne attribuée à votre foyer. Dotation qui ne cesse de baisser. Le vice, c'est que l'eau est désormais gratuite. Mais, elle n'est pas donnée pour autant, seulement prêtée, parce que l'installation de distribution vous est louée. Et si vous ne payez pas la municipalité chaque semaine pour la fourniture, l'eau est coupée au compteur, automatiquement.

Les gens qui n'ont pas pu honorer leurs factures ne tiennent pas plus de trois semaines chez eux, en moyenne. Pour consommer la nourriture distribuée par l'Ordre à chaque *résident*, l'eau est indispensable. En ce cas, quand les malheureux déclarent forfait, ils sont déplacés dans des *collectifs sociaux d'insertion*, leur logement est réquisitionné par l'État et neuf fois sur dix, il est condamné. Voire détruit. Il y a des tas de gravats un peu partout dans tous les quartiers de toutes les villes et du moindre des villages colonisés. Ai-je oublié de préciser que depuis janvier 2024, la propriété individuelle n'existe plus pour toutes les catégories de populations, sauf la A ?

Avec la politique de l'Ordre Nouveau, rien ne se perd et tout se recycle. Même votre corps. De toutes les manières, nous finirons tôt ou tard à l'incinérateur à pétrole quoi qu'il arrive. Et nous finirons en engrais pour céréales. D'immenses champs collectivisés sont exploités. Ils servent à produire la base alimentaire du petit peuple. Cet infâme rata n'a même pas de nom. Il est décliné en quatre numéros. Point barre.

Bizarrement, la mise en place de ces *mesures de contrôle individuel des consommations primordiales à la survie* a été extrêmement rapide. Ce qui me fait penser que tout ceci était déjà prévu de longue date. Et certainement déjà testé. Et à grande échelle. Ma femme pense que le premier test de ce type a été fait avec les nouveaux compteurs que l'État a imposés progressivement depuis la fin des années 2010 pour les fournitures en eau, gaz ou électricité. Elle me dit que cette consommation personnalisée relative aux tarifs appliqués n'était qu'un moyen déguisé de définir des normes par le biais de l'espionnage individuel. Et ainsi, de roder la population aux restrictions à venir. Je crois qu'elle n'a pas tort. Je crois que nous nous faisons enfler depuis au moins deux décennies. Depuis l'avènement de cette saloperie d'informatique à tous les niveaux.

***

XIV

« Les centres sociaux d'insertion ne sont pas à la base à vocation répressive. Mais, nous devons privilégier les catégories A et B de la population qui, elles, participent à l'effort constructif et salvateur de l'Ordre Nouveau. Aussi, les mesures que nous prenons pour ceux qui sortent du schéma d'attribution des lettres A et B sont pleinement justifiables. »

(Discours de l'insertion, Guide Suprême, janvier 2024)

Les fameux *CSI* nous font tous trembler et depuis longtemps. Ils sont toujours situés en périphérie des grandes villes, et d'après la résistance, ils sont construits sur les modèles des camps nazis de Pologne de la Seconde Guerre mondiale. Quelques images pirates ont filtré sur les réseaux pendant un temps. Au début, pendant la grande pandémie de 2023, ils ont été bâtis pour servir de camps de mises en quarantaine, sur le modèle chinois. Mais, ils ont vite été réhabilités. Les familles y sont toujours triées et séparées, hommes d'un côté et femmes de l'autre, mais la nouveauté, par rapport aux nazis de jadis, c'est que les enfants de moins de 16 ans n'y sont pas admis. Eux partent directement en bus scolaire pour *les centres d'éveil et d'éducation de l'Ordre Nouveau*, qui sont entourés du plus grand secret. Ils y sont définitivement perdus pour leurs familles. C'est ce qui se dit en tous les cas et je ne suis pas pressé de vérifier si l'information est exacte.

Certains *admissibles* des CSI parviennent à s'évader. Car l'Ordre ne dispose pas encore des effectifs nécessaires pour rendre ces centres surpeuplés totalement hermétiques. Beaucoup de ses pensionnaires y finissent les bras en croix, car les virus circulent toujours activement dans ces zones. Et rares sont ceux qui parviennent à s'évader sans être abattus ou sans sauter sur *les zones aléatoires minées* installées autour des camps. On dit que la promiscuité dans ces camps pousse certaines personnes qui ne supportent plus la solitude à s'y inscrire volontairement, malgré les conditions de vie affreuses et le risque d'être contaminé. On raconte aussi que les plus jolies jeunes femmes, *saines* et fraîchement *admissibles*, y disparaissent ponctuellement lors des contrôles sanitaires obligatoires. Mais, si les rumeurs les plus folles d'exploitation sexuelle couvertes par l'Ordre courent, rien n'est prouvé. Seulement, je me doute que les bordels existent toujours. Autorisés seulement pour les militaires et les flics. Et il faut bien qu'ils soient alimentés en chair fraîche. La queue et les petits pouvoirs vont souvent de pair. Il faut bien que ces fumiers se détendent. Le bordel militaire a toujours existé, de tout temps.

La télévision officielle donne chaque semaine les chiffres des internements nouveaux, et les noms des morts (qui défilent à grande vitesse sur l'écran derrière le présentateur) et l'Ordre ne se cache plus depuis quelques semaines du caractère carcéral du système. Au motif que *le programme de gestion sereine et responsable du budget individuel est devenu une priorité survivaliste et gouvernementale. Essentielle et indissociable de la pérennité de la nation.* En clair : tous les coups sont permis pour gérer efficacement le bétail.

***

XV

« La place de l'animal est dans la nature. Et nulle part ailleurs. Sa domestication dans l'ancien temps correspondait à des besoins qui sont aujourd'hui comblés par la technique. »

(Message de propagande, janvier 2023)

Les gens ont dû se séparer de leurs animaux de compagnie depuis longtemps déjà. Il n'était pas question pour l'État de fournir le prétexte individuel de la sortie d'un animal pour resquiller et grappiller des minutes de liberté dans un confinement total et totalitaire. En 2020, il y a plus de 6 ans maintenant, lors du premier confinement mondial, c'est-à-dire au début de notre fin, les autorités ont bien compris la faiblesse du système avec le principe saugrenu des attestations de sortie. Avoir un chien à l'époque, c'était l'excuse rêvée pour sortir plusieurs fois par jour. Sans que les bleus ne puissent verbaliser. Sans que les voisins ne puissent vous balancer.

2020, c'était l'année du grand test de résistance des populations à des mesures mises progressivement en place depuis, un peu partout dans le monde, mais qui ont dégénéré dans plusieurs pays, notamment dans le nôtre. Qui aurait cru qu'il serait aussi facile de dompter tous ces peuples qui se disaient épris de liberté, de justice et de démocratie ?

Quoi qu'il en soit, toutes les ligues ou associations liées à la protection animale ont été dissoutes par décret présidentiel en 2022. Ce qui a aidé à normaliser les choses dans l'opinion. Ramassés et disparus. Pas de médiatisation du phénomène. Point final. Sauf sur les réseaux sociaux, avant le bug mondial de l'Internet. Certaines personnes ont pris le maquis avec leurs bêtes. Mais à mon avis, ils ne sont pas allés bien loin, vu les primes à la délation offertes par les fumiers des ministères concernés. D'autres gens, les isolés, les oubliés, les sans famille, ont préféré se buter plutôt que de vivre sans leurs animaux. Ou les tuer plutôt que de les laisser partir à la fourrière. Le plus souvent en direct sur les réseaux. Webcam ouverte. Ce qui a entraîné une plus grande censure encore sur les plateformes. On estime que plus des quatre cinquièmes des animaux du pays ont été euthanasiés ou « recyclés », par l'administration. Même les oiseaux, un temps vecteurs de contamination, ont été décimés. Empoisonnés ou « flambés ». Quant aux chevaux, ils sont purement en voie d'extinction, paraît-il. Les cheptels agricoles sont eux aussi décimés, mais pour d'autres raisons.

Dans la folie ambiante et dans ce contexte apocalyptique, d'émeutes et de guerre civile, beaucoup de décisions arbitraires de ce type, qui touchent les gens au plus intime de leur vie, sont passées comme des lettres à la poste. Encore une fois, les décisions de l'État ont été et sont extrêmement rapides et la logistique pour leurs exécutions prête avant l'heure. Tout cela faisait partie d'un vaste plan de domination, mais le péquin de base ne le voyait pas et luttait seulement pour survivre. Pour sa survie.

***

XVI

« La culture des temps passés appartient au passé. L'Ordre Nouveau la redéfinira pour vous, quand le temps sera venu de la réintégrer dans nos vies. Aujourd'hui, ce n'est pas la priorité du Directoire. »

(Message du directoire)

Au plus dur de l'épidémie, à l'été 2022, la fourniture Internet a stoppé brusquement. Et elle n'a repris « légalement » et surtout partiellement qu'au début du printemps 2023 dans notre pays. Le phénomène a été quasi mondial.

Ces mois indescriptibles de violences et de morts ont fait oublier aux populations tous ces points de détails que j'évoque. Le monde avait basculé, et pour l'ensemble de sa population, survivre était devenu la seule priorité. Plus rien ne fonctionnait classiquement, donc les claviers étaient devenus inutiles. La radio en a d'ailleurs profité pour faire son grand retour.

Au mois de mai de l'année suivante, en bas débit, mais fonctionnel, un nouvel Internet est apparu progressivement.

Très peu de gens y avaient accès au début. La reprise a été très lente. Songez que le commerce en ligne, l'information, la musique, la vidéo, le livre et bien d'autres secteurs avaient disparu de la toile. Et encore une fois, les préoccupations des populations étaient ailleurs. Le Net d'aujourd'hui n'a plus grand-chose à voir avec celui de 2022. Plus de 95 % des sites qui y étaient n'existent plus. Et toute la mémoire du web a disparu avec ses serveurs principaux. Il ne reste plus qu'un seul réseau social accessible. Un ersatz de Facebook. Qui est à vocation étatiste. Pour s'y inscrire, les gens ont dû se créer une page, et s'identifier formellement, car l'anonymat est proscrit pour tout utilisateur. Et on ne peut plus communiquer ni même s'informer avec et sur d'autres pays. Ni communiquer par messagerie privée. Internet est devenu une sorte d'intranet. Et les services qu'il offre sont seulement ceux qu'il peut rendre à l'Ordre. Tout est cadenassé. Sauf peut-être pour ceux qui ont des connaissances en informatique plus poussées que celles de la moyenne des utilisateurs. Il existe des moyens détournés pour accéder au fameux réseau pirate de la résistance. Mais y surfer, c'est prendre un risque mortel. Les techniciens de l'Ordre Nouveau veillent. De plus, à moins d'être membre de la résistance et d'y être habilité, le visiteur ne peut interagir avec eux. Il peut juste s'informer et éventuellement, s'il parvient à décrypter les messages codés, obéir à des consignes données par les chefs de réseaux. Ma femme et moi y allons de temps à autre. Nous avons une combine pour ne pas être repérés. Pour l'instant, ça fonctionne. Le risque est énorme, mais nous ne pouvons pas rester sans savoir et jouer aux autruches avec la tête dans la vase. Si s'informer de la réalité peut nous coûter la vie, ignorer les choses peut s'avérer tout aussi mortel. C'est un choix. Nous l'avons fait.

Au passage, il existe aujourd'hui une liste interminable des œuvres interdites, dans tous les arts. On devine aisément pourquoi. La censure supporte difficilement les fictions qui dénoncent un pouvoir totalitaire. Et qui donnent les recettes pour le combattre. Comme tout ce qui est libertaire, amoureux ou rêveur est à bannir pour eux. Aussi, au début de ces temps de pénurie, si vous possédiez des titres interdits, quel que soit le support, papier ou numérique, vous pouviez les échanger contre des bons alimentaires. À condition que votre ordinateur soit contrôlé au passage. Rien que dans mon village, j'ai vu passé de pleins camions-bennes de livres sous mes fenêtres. Nous l'avons fait aussi. Je n'ai plus de bibliothèque depuis. J'ai seulement conservé quelques livres que j'ai planqués dans les accoudoirs de mes canapés. Et nous avons bien fait de jouer le jeu. Dans les semaines qui ont suivi cette offre d'échange, l'interdiction de détention d'œuvres subversives a été entérinée légalement et des contrôles inopinés aux domiciles ont été faits. Avec en conséquence, pour les fraudeurs, de lourdes amendes. Capables de vous faire renoncer à votre logement au profit d'un « stage » en CSI. Déjà, lors de la première vraie fausse pandémie de 2020, la culture avait été particulièrement mise à mal par les décisions orientées du gouvernement. Je pensais que c'était volontaire et j'avais bien raison. Lire c'est réfléchir. Rêver c'est s'évader. La culture est un passeport. Et les passeports n'existent plus puisque le voyage est interdit.

***

XVII

« Il faut se faire vacciner. Se faire vacciner, ce n'est pas un acte héroïque, c'est un devoir envers les autres et c'est surtout la seule et unique façon d'opérer un retour à la vie normale. »

(Discours du président de la République, juillet 2021)

Je grimace et je ferme la fenêtre de l'étage. Notre maison est vieille et biscornue. C'est une ancienne auberge relais du XVIIIe. Cette petite fenêtre où je me trouve, en haut de l'escalier sud, est en angle mort. Elle est invisible de la rue, elle ne donne que sur le toit de la petite tour carrée. Nous allons y respirer en famille parfois. Mais ce matin, le vent apporte une trop forte odeur de poubelles à mes naseaux délicats. Cette odeur est très particulière. Ça ne sent pas les poubelles d'autrefois, mais plutôt le tas de couches-culottes usagées qui aurait pris le temps de pourrir au soleil, de faire un élevage de mouches à merde et de traire les vermisseaux qui vont avec. Mais ça poque moins quand il pleut que quand les températures grimpent. Là, même si vous crevez de chaud en intérieur, vous calfeutrez portes et fenêtres tant la puanteur extérieure est insoutenable.

Il n'y a plus de service de ramassage classique des ordures depuis plus de trois ans. Tout a commencé par une grève nationale des services de voirie. Les employés municipaux, comme ceux du privé, voulaient bénéficier de plus de protection antivirale pour faire leur travail. À cette époque, les morts se comptaient par milliers chaque jour. Et certains cadavres finissaient dans les poubelles, balancés par les fenêtres des logements contaminés. La maladie était foudroyante. Surtout pour les vaccinés de la première heure qui développaient une sorte de réaction particulière à ce nouveau virus qui les tuait sans sourciller. On estime que dans le monde, une personne sur deux portant la dose vaccinale initiale de 2021 y est restée. Nous, nous n'avions pas fait de vaccin. Nous y étions farouchement opposés. Mais la plupart de nos amis et de nos connaissances l'avaient fait. Pour leur grand malheur, ils avaient cédé à la pression sociale et à la peur. Nous avons appris depuis à vivre sans eux. Je dois avouer que je leur en veux de s'être laissé avoir. Je sais que c'est con. Mais moins que de les avoir perdus. Ils avaient tous d'excellentes raisons de s'être fait piquer. Mais le résultat est là.

Pour rester dans l'ambiance, et pour en revenir à ces odeurs de poubelles, il faut savoir que l'Ordre avait refusé aux éboueurs la protection nécessaire. Sous le prétexte d'une sévère pénurie d'équipement, comme pour les masques ou le gel hydroalcoolique en 2020. Puis, face à la grève des services de voirie, le ministère en charge du dossier a demandé aux maires de souscrire au système répressif que je vais vous décrire maintenant :

Chaque semaine, des camions passent dans la moindre rue et s'arrêtent devant chaque porte. Il faut se présenter sur le trottoir et jeter sa poubelle (une seule de 50 litres par foyer) dans la benne du camion, au coup de sirène. Le conducteur porte une combinaison similaire aux services d'ordre, avec gants, casque et appareil respiratoire. Il est armé. Il surveille votre geste avec une caméra fixée sur la cabine de son véhicule. Si votre sac n'est pas réglementaire, ou s'il est trop plein et craque quand il tombe dans le tas d'ordures, le ramasseur signale votre adresse immédiatement et en plus de l'amende, votre livraison de nourriture de la semaine suivante saute, comme le ramassage. Évidemment, vous devinez que le système s'est durci progressivement.

La plupart des emballages des produits que nous sommes réduits à avaler depuis deux ans sont conditionnés dans des matières biodégradables. La flotte du robinet suffit à les détruire partiellement et à réduire leur encombrement. Tout en bousillant le siphon de l'évier. Mais, une fois l'opération menée, ils sont trop lourds pour le sac poubelle réglementaire fourni par les mairies. Et les amendes du système sont disproportionnées.

Alors certains ne s'y risquent plus et stockent ou brûlent leurs déchets. Certains jours, d'épaisses fumées âcres enserrent le quartier. Par comparaison, j'en regrette presque l'odeur des vieux moteurs diesels qui claquaient dans les rues. Il est globalement interdit de faire du feu, mais il y a une tolérance pour les ordures. Seulement si vous avez une cour intérieure, un grand balcon ou une véranda. Directement « dehors », ce n'est pas possible.

De temps en temps, la milice verbalise les pyromanes amateurs, sans hasard. Une rue, un bloc, un immeuble sont choisis. Ils font ça, histoire de montrer qu'ils sont bien là et conscients du problème. Parfois aussi, il y a des incendies qui partent de ces feux de poubelles. Mais comme le corps des pompiers n'existe plus pour les affaires civiles, et que ce sont des miliciens peu zélés quand il s'agit de risquer leur peau qui les remplacent dans la fonction, les dégâts sont souvent importants et les victimes de ces incendies domestiques, nombreuses. En zone rurale, cette crémation ordurière est encore possible, mais je suppose qu'en ville, à en voir les annonces du nouveau ministère *de la maintenance et de l'hygiène citoyenne,* c'est devenu impossible.

***

XVIII

« Obéir, c'est survivre. Refuser d'obéir aux autorités, c'est se mettre en danger inutilement. Et mettre sa famille en danger. »

(Ministre des Polices, septembre 2023)

Ce qui me manque le plus, c'est l'océan. Voilà trois ans que je ne l'ai pas vu de près. Trois ans que je ne me suis pas baladé sur la plage et que je n'ai pas glandé toute une matinée sur les rochers. Trois ans et une éternité, que le littoral est totalement fermé au public.

J'avais passé ma vie au bord de l'eau jusque-là. Il ne se passait pas une semaine sans que j'aille en profiter. Pêcher. Marcher en crabe dans le sable ou sur les chemins douaniers.

Promener mon chien et mettre les pieds dans l'eau. Boire du vin blanc frais en regardant la mer et en dégustant les huîtres de mon rocher. J'étais fier, dans ma vie « d'avant », de m'être toujours démerdé pour vivre le long de l'océan. À une poignée de kilomètres au maximum de la côte. La houle me manque. Les mouettes me manquent. Le bruit des vagues me manque. Les bateaux me manquent. Ma vie me manque.

J'avais prévu de passer mes vieux jours sur un bateau. De larguer bagnoles et maison, de vendre ce que j'avais et de donner le reste, puis de m'acheter un bon bateau. Ma femme aimait aussi l'idée. Notre garçon serait devenu un homme, il aurait aussi navigué à sa façon. Sa mère et moi l'aurions retrouvé de temps à autre où sa vie se faisait. J'avais même prévu des funérailles marines pour ma gueule. Elles ne le seront pas. Je finirai en engrais. En engrais de l'Ordre Nouveau. C'est tout ce qu'ils ont trouvé pour gérer et pour recycler un afflux sans précédent de cadavres pendant deux ans. La crémation industrielle et en finalité, l'engrais. Les cendres seraient un constituant naturel efficace aux engrais biologiques d'après les cintres du ministère de *l'Écologie aujourd'hui*. Vu que les religions sont interdites, que le confinement est permanent, et que les familles des morts n'ont pas voix au chapitre, ils ne s'encombrent plus avec les détails. L'engrais, c'est certainement ce qu'ils ont trouvé de plus poétique, même si une nouvelle tendance, celle des dégraissants industriels et des lessives, commence à se détacher nettement de la phase expérimentale.

Déjà, en 2020, ces salopards avaient fermé les plages au public. Avant d'y imposer le slip buccal par la suite pour y circuler sur des horaires définis par un couvre-feu absurde. C'était tellement débile que les gens n'y avaient rien trouvé à redire. Le slip buccal. C'était l'expression favorite à l'époque, d'un ami disparu. Le masque faisait débat parmi les braves gens. Autant qu'aujourd'hui, riche des enseignements de la grande pandémie, tout le monde s'en fout. Je n'avais pas vraiment compris à quel point tout ceci était un test. Tout ce cirque. Toute cette mise en scène. Je mesure maintenant à quel point on se foutait de notre gueule !

Quoi qu'il en soit, rebelle dans l'âme, je fraudais les consignes connes de l'État. J'allais, même en plein confinement, faire mon tour sur le littoral. Je louvoyais entre les dunes pour éviter les raptors bleus qui patrouillaient déjà consciencieusement. Une seule fois, j'étais tombé sur un flic municipal zélé. Que j'avais menacé physiquement s'il me verbalisait pour ce qui était pour moi le droit le plus naturel : marcher sur la plage.

Ce type m'emmerdait pour un acte qui était pour moi un acquis fondamental de ma citoyenneté et de ma liberté. Je lui avais dit que s'il sortait son bastringue électronique à faire du fric, je lui cassais les deux bras et que je lui enfonçais son pistolet à bouchon dans le cul. Je suis un grand bonhomme. Costaud. Avec une sale gueule. Quand je me fâche, je suis sincère. Et très con. Le flicaillon a sagement renoncé. Bien lui en a pris.

Les miliciens d'aujourd'hui sont d'une autre trempe, c'est certain. Et, ils ne travaillent qu'en meutes. En attendant, je me demande s'il y a encore des bateaux dans les ports. Si des hommes libres naviguent encore sur les océans. Si les océans sont devenus eux aussi des prisons. Avec ces tarés d'humains, tout est possible. Ils ont bien dessiné des frontières sur l'océan un jour.

***

XIX

« Nous contrôlons la situation. Nous avons toujours contrôlé la situation. Nous contrôlerons toujours la situation. »

(Déclaration du ministre de la Police, pendant les émeutes d'octobre 2022)

Il y avait des cadavres tous les 2 mètres, des incendies et des dégâts incroyables partout dans la ville où nous séjournions. Faire un pas dehors, c'était clairement risquer sa peau. Je ne sais pas ce qui était le plus dangereux : le virus ou bien les humains. Le moindre magasin était éventré, la moindre voiture était en flammes ou accidentée. On n'entendait que des détonations, des bruits de casse, des sirènes et des cris. L'odeur dans les rues était effroyable. Un mélange de fumées dégueulasses, d'ordures, de peur et de pourriture. Plus rien ne fonctionnait. Rien de ce qui faisait une ville ne fonctionnait. J'avais l'impression d'être un figurant dans un film catastrophe. J'en cauchemarde encore la nuit.

Une anarchie incroyable régnait. La mort frappait toutes les secondes. Les gens étaient devenus totalement cinglés. Ils se battaient à mort pour se nourrir tout en tentant de se protéger du virus comme ils le pouvaient. Ils agressaient autant qu'ils se défendaient. D'autres partaient du principe que c'était la fin du monde et ils faisaient n'importe quoi. Vols, viols, pillages et assassinats en tous genres…

Des cadavres tombaient des fenêtres des immeubles. Souvent balancés par leurs proches qui ne comprenaient pas que cela ne servait à rien, et qu'à partir du moment où un des leurs avait chopé le virus, les autres étaient de fait contaminés. Des gens malades venaient crever sur les trottoirs entre les débris et les ordures. Ils partaient eux aussi certainement du principe que s'ils restaient pour crever chez eux, ils mettaient leurs proches en danger. Alors, ils partaient crever seuls, ils s'éloignaient de chez eux comme ils le pouvaient. Rester aux fenêtres pour voir un proche mourir pouvait s'avérer très dangereux, et laisser une maison ouverte, c'était inviter les pilleurs.

J'ai vu des flics se faire massacrer par la foule et des flics tirer à vue sur des femmes et des enfants. Une vraie folie. Je me souviens d'un bus qui avait fracassé la devanture de la gare et qui brûlait dans le hall. Je me souviens de ce cordon de flics qui tiraient du hall de l'hôpital et des étages et qui dégommaient sans sommation tous ceux qui approchaient pour préserver leurs blessés à eux de la folie et de la colère de la foule. Il n'y avait pas de militaires pour protéger la population « raisonnable ». Les militaires, c'étaient pour la capitale et les institutions, pour les sites sensibles que le gouvernement avait décidé de protéger. La province pouvait bien crever. Je n'ai compris que trop tard que plus les villes étaient à feu et à sang et plus ça servait leurs petites histoires.

Jamais je n'ai eu autant la trouille pour ma femme et mon fils. Heureusement, ils m'ont obéi scrupuleusement et nous nous en sommes sortis, autant par chance que par raison. Nous nous en sommes sortis affaiblis, malades, traumatisés, mais vivants. Dans ces cas-là, il ne faut surtout pas suivre le troupeau, mais s'isoler. S'isoler de tout ce qui marche sur deux pattes en principal. Et si nécessaire, buter ce qui s'approche. Nous n'étions pas chez nous quand la guerre civile a éclaté. Nous faisions un séjour dans la famille. Nous avons pu retourner dans notre village et dans notre maison qu'après presque deux semaines d'épouvante. La police, avant de déclarer forfait et de se disperser dans la nature, avait bloqué totalement la ville où nous nous trouvions. Nous étions coincés. Personne dans la famille n'a chopé le virus. Personne n'a été blessé. Nous avons tous eu beaucoup de chance. Nous sommes partis à pied de la ville quand les choses se sont calmées. Nous avons trouvé une voiture abandonnée à la sortie, que nous avons empruntée. La nôtre avait disparu. Quand nous sommes arrivés au village, après plusieurs heures de route, par des chemins détournés, et avec les problèmes d'approvisionnement de carburant en prime, rien n'avait bougé. Les gens se terraient. C'est tout. Je crois que ce sont les villes qui ont le plus souffert de la folie collective. Il y avait bien quelques gars armés de fusils de chasse qui surveillaient les accès au bourg, mais nous les connaissions. Nous sommes entrés sans trop de problèmes. La maison était intacte.

Je ne m'estime pas au-dessus du lot. Chacun fait ce qu'il peut. Comme il peut avec ce qu'il a. Mais j'ai trop vu de saloperies, j'ai trop souffert de la connerie générale pour pardonner ou pour rester optimiste.

***

XX

« Pourquoi résister ? On ne peut résister ni à la fatalité, ni à la marche du progrès. »

(Discours de l'avenir des peuples,
Guide Suprême, janvier 2024)

Il n'y a aucun bruit à l'extérieur. Comme tous les matins, le silence est roi. Je me suis risqué à ouvrir la porte en grand. C'est interdit. Mais la maison a besoin de s'aérer. Autant que moi.

J'ai de plus en plus besoin d'accomplir des petits gestes de résistance pour me prouver que j'existe encore. Je reste conscient que ces petits gestes pourraient avoir des conséquences fâcheuses pour moi et les miens. Aussi, je n'agis pas par impulsion. J'ai beaucoup surveillé les mouvements des miliciens pour me payer ces petites récréations. Ma maison est au centre du village, et elle est située sur une hauteur. À part à l'est, à cause de l'église, aujourd'hui à moitié démolie, j'ai une vue panoramique sur tout le bled. Et j'ai de bonnes jumelles, dont une paire pour la vision nocturne. Je note scrupuleusement dans un vieux carnet à spirale tous les déplacements des sbires de l'Ordre Nouveau, leurs ruptures de service, leurs changements d'itinéraire, les horaires et les dates. J'en tire des enseignements, des faits et des conclusions et je pénètre ainsi leur organisation petit à petit. Je répertorie leur matériel, les effectifs et les temps d'intervention. Comme je note les cas d'intervention et la nature des interventions. Ce qui me pousse à espionner aussi le voisinage. Pour comprendre. Pour me situer aussi. Cela pourrait m'être utile. Ou utile à d'autres.

La résistance. C'est un mot qui prend chaque jour de plus en plus de sens pour moi. J'ai compris en épiant nos garde-chiourmes qu'ils agissent mathématiquement, que le village est découpé par secteurs et que le quadrillage est précis. Et qu'ils ne sortent jamais de la douzaine de schémas de patrouilles qui existent. Je pense que les miliciens sont à la botte d'un système informatique qui semble se durcir de mois en mois. Ils sont de plus en plus robotisés. Leurs comportements et leurs agissements deviennent mécaniques à souhait. Un groupe armé qui voudrait les prendre en embuscade et qui aurait mes renseignements ne leur laisserait aucune chance. J'ai observé que les officiers qui sont présents sur le secteur sont au nombre de 4 et qu'ils ont tous le même grade. L'équivalent de celui de lieutenant vraisemblablement. Ils sont responsables d'un unique peloton. Et les membres de ce peloton ne sont pas interchangeables. Je le sais grâce aux numéros de dossards de leurs combinaisons étanches. Les ordres doivent venir d'un quartier général centralisé quelque part dans la région, à deux heures de route du village. Si une situation particulière s'avance, et qu'ils ont besoin de renforts, comme la fois où des bandes de pillards armés rôdaient dans le coin, les renforts mettent deux heures à arriver. Il y a eu plusieurs cas où ils ont eu besoin de renforts. Comme la fois où le village n'a pas été approvisionné en nourriture pendant plus de deux semaines et que des gens tentaient des sorties pour trouver de la nourriture. Les couacs dans l'organisation de l'Ordre Nouveau sont fréquents. Le village n'est pas très loin de la mer et proche d'une frontière. Nos voisins ont du mal avec l'Ordre Nouveau. Leur Directoire semble moins efficace que le nôtre. Il arrive que des bandes armées, venues par camions ou par bateaux, tentent des raids sur les villages frontaliers, mais heureusement, ils sont mal organisés. Ils cherchent de la nourriture, de l'eau, des femmes et des valeurs. La milice ne se défend pas trop mal. Leur équipement est nettement supérieur. Mais, il y a eu des cas où ils ont laissé faire les pillards. C'est une façon comme une autre de vider un village et de récupérer des effectifs. À chaque attaque repoussée, la propagande fait ses choux gras de la peur des populations comme des victoires de la milice.

***

XXI

« La nourriture et le repos de l'âme par la confiance dans les choix et le travail des autorités compétentes. »

(Discours d'ouverture des grands travaux du ministère de la Maintenance et de l'Hygiène Citoyenne. Mois 6 de l'an 0)

La lumière blafarde du jour pénètre les pièces de la maison comme un casseur fracture un coffre-fort. Ce qui vient de dehors n'est pas bon pour nous, nous le savons tous. Et pourtant, nous rêvons tous de revivre un jour à l'air libre. De sortir, de marcher, de voir autre chose que notre intérieur. Dans tous les sens du terme.

Nous n'avons presque pas chauffé l'hiver dernier, l'énergie devenant de plus en plus chère, même si elle est rationnée. Des taches de moisissures sont apparues aux plafonds des pièces du rez-de-chaussée et les peintures craquellent par endroits.

Pour économiser le jus, les ampoules superflues et la ventilation mécanique sont coupées. Comme les bougies sont économisées. Ça n'améliore pas l'ambiance. Les panneaux solaires sont débranchés. Nous n'avons plus le droit de les utiliser. Ceci pour freiner et contrôler la consommation d'énergie des ménages, paraît-il. Même tarif pour les éoliennes. Le but est surtout de ne laisser aucune autonomie au bétail.

Les matériaux de bricolage ont disparu avec les magasins. Je ne peux que constater les dégâts sans pouvoir intervenir. Améliorer le cadre de vie, c'est une notion désormais abstraite. Comme celle de réparer et d'entretenir. Le pire, c'est que dans tous les garages de ces maisons abandonnées autour de moi, il doit y avoir de quoi faire.

Ma femme dort encore.

Mon fils dort encore.

La vie dort toujours.

La plupart des gens dorment maintenant beaucoup plus qu'avant.

Pour eux, comme pour les prisonniers de droit commun, le sommeil est un refuge et il caractérise les premiers temps de la détention. Fuir une réalité aussi pénible que la nôtre est utile à l'esprit. Salvateur. C'est une sauvegarde essentielle. Et dormir est ce que l'on a inventé de plus efficace dans le genre.

Les somnifères sont délivrés sans prescriptions médicales depuis un moment déjà. Je ne sais plus quand exactement. Et ils ne manquent pas. On en trouve plus facilement que de l'aspirine. Ils sont abordables. Pour certains produits, le service des postes fonctionne encore. Une fois par semaine et par secteur. Le courrier personnel est interdit. Mais les commandes pharmaceutiques fonctionnent.

Des campagnes de propagande de l'Ordre vantent les bienfaits du sommeil et de la gymnastique au sol au réveil. *La nourriture et le repos de l'âme par la confiance dans les choix et le travail des autorités compétentes.* Les formules magiques de l'Ordre Nouveau sont nombreuses et plus connes et abjectes les unes que les autres.

Elles ont commencé à paraître régulièrement dans les médias à partir d'août 2021, comme je le disais plus tôt. Avant de devenir la propagande que nous subissons aujourd'hui. À l'époque, le tyran avait déjà perdu tout crédit avec une bonne moitié de la population « responsable ». Mais il a toujours été très soigneux pour sa communication. Il a toujours travaillé la mise en scène. Comme le jour de son intronisation dans la fonction où il a gratifié le peuple d'un discours impérial depuis le sommet d'une pyramide de verre. Ses interventions se sont généralisées dans les semaines qui ont suivi, le fumier ciblant chaque fois une tranche différente de la population, appliquant avec méthode son art de la division des opinions. Et petit à petit, au fur et à mesure qu'il aggravait la situation, ses interventions impromptues sont devenues paroles d'évangile pour une masse assourdissante de gens atteints par les virus de la trouille et de la connerie. Il agissait comme s'il était un dieu qui s'adressait directement aux hommes. Et des cons se mettaient à quatre pattes et écartaient les fesses en grand pour mieux l'entendre.

Ce personnage s'aime au-delà du raisonnable. Il pense qu'il détient la vérité absolue. Il ne supporte pas la critique. Et plus que tout, il veut être aimé de tous, vénéré et encensé. Ce qui le sort du schéma du politicard classique pour l'emmener vers les hautes sphères du despotisme et donc en faire le candidat idéal pour un aller simple en psychiatrie.

En 2020 et 2021, comme nombre d'intellectuels pouvant publier dans les médias, j'avais pointé du doigt le comportement totalitaire de l'individu. Par des faits. Comme la condamnation faite d'un artiste qui avait osé le caricaturer en Hitler, ou l'arrestation d'un leader d'un mouvement populiste qui avait tronqué son portrait accroché dans une mairie contre un message libertaire. Ou encore la mise au ban d'un chanteur populaire et d'un comique de premier plan qui avaient tenté de créer un mouvement d'opposition. Pendant quelque temps, les prises de position contre le personnage furent assez nombreuses. Mais, c'était fait dans le cadre de la démocratie. Or, la démocratie que nous connaissions avait déjà cessé d'exister. Nous le comprenions, mais nous ne l'admettions pas. Nous aurions mieux fait de payer pour le faire descendre, nous aurions gagné du temps.

Dans notre pays, la crise sanitaire de 2020 qui dès le départ a pris des allures de dictature, a été savamment orchestrée par une équipe de politiciens et de technocrates qui n'avaient que mépris pour le peuple qu'ils étaient censés servir. Le contexte mondial de la pandémie fut extrêmement bien exploité. Le chef de l'État n'a pas hésité et avec le renfort de gestes significatifs devant les caméras, à préciser dans une allocution au début de la crise sanitaire que : « *La vie que nous connaissions avant, comme la liberté, c'est fini !* »

Les observateurs payés par les chaînes d'information n'étaient partis que du contexte pour expliquer la phrase. Moi et beaucoup d'autres avions entendu l'annonce d'un homme qui voulait les pleins pouvoirs et le malheur de son peuple. Qu'il faudra chasser pour qu'il parte ! Et nous en sommes là. Alors oui, la résistance… c'est une solution envisageable.

Mais comment et avec qui ?

J'ai appris par goût des observations et déductions, aidé par mes connaissances sur la Seconde Guerre mondiale, à repérer les messages codés qui passent sur le réseau ou sur la radio pirate, à différents niveaux. Certains sont évidents et facilement traduisibles. Trop pour être honnêtes. Et je ne serais jamais trop prudent. D'autres nécessiteraient la présence d'Alan Turing à mes côtés. Et certains autres encore, font appel aux formats classiques du genre. Cependant, je crois qu'à force de persévérance, j'ai peut-être trouvé le moyen d'entrer en contact avec « eux ». Reste à savoir si mon bricolage informatique résistera à l'œil de Big Brother. Reste à savoir s'ils sont ce qu'ils prétendent être et non des agents du Directoire. Reste à savoir si j'aurai les couilles de sauter le pas.

***

XXII

« Le travail et l'abnégation, le don de soi et l'obéissance jusqu'à la servilité absolue, sont les seules solutions d'une lutte efficace contre le malheur qui frappe le monde. »

(Le grand oral social, discours du Guide Suprême, 23 janvier 2024)

Les smartphones d'hier sont de la science-fiction aujourd'hui. Les communications téléphoniques privées ne sont plus possibles depuis belle lurette. Un portable ne sert plus que pour utiliser les applications imposées par l'Ordre Nouveau. Et comme il y en a de moins en moins issus du monde d'avant qui fonctionnent, quand ils sont remplacés, ceux fournis par *l'administration des communications* nous ramènent à la préhistoire téléphonique. La censure n'est plus la vieille tante prudente d'autrefois qui se contentait de chaperonner la pucelle à son premier bal. Aujourd'hui, c'est une vieille salope acariâtre, avec un fouet à la main, qui est fière de son exercice et qui ne se cache pas de ses fonctions. Ni de ses opinions. Et qui tue si nécessaire.

Les serveurs informatiques, pendant la grande pandémie, ont souffert du manque de personnels et des émeutes, dans notre pays comme dans le reste du monde. Beaucoup de centres hébergeant des datas ont cramé. On craignait les pannes pour ceux qui restaient intacts et qui pouvaient de fait, en cas de dysfonctionnement, paralyser ce qu'il restait de l'économie du pays comme de ses moyens de communication. Alors, on débranchait déjà tout à 20 heures chaque jour, et on ne pressait sur l'interrupteur que le lendemain à 8 heures. Pour notre bien. Commun. Pour l'argent et la gloire du pays. Pour le redressement. Pour la survivance. Et une fois de plus, ça s'est fait sans heurts. Cette restriction et ce fonctionnement, qui ont pourtant aggravé la situation, sont simplement devenus un horaire de plus pour la population bêlante, maintenant. Un horaire comme un autre. *Pour le bien de tous.* Plus personne ne cherche à comprendre d'où il vient et pourquoi il est appliqué. Survivre est devenu plus préoccupant que tout confort ou toute liberté. Et c'est cela qui nous tue encore plus que le reste.

Fin 2021, on annonçait que la pandémie avait coûté à l'État d'alors pas moins de 400 milliards. Les chiffres annoncés sur le sujet aujourd'hui sont démentiels. Et probablement faux. On ne nous sort pas de l'idée que l'Ordre est une mère qui se sacrifie pour ses enfants. Et que son cochon tirelire est vide. Que le frigo est en carence ! Que le pays souffre pour nous. Que l'État est un Jésus qui crie famine, mais qu'il ne se laissera pas punaiser sur la croix sans combattre. Que les vilains Romains doivent sortir de cènes ! Et que si pour les banquets, c'est fini, il reste cependant quelques conserves dans les placards pour les bons petits soldats de l'Ordre Nouveau, donc, que bon an mal an, on continue le jeu de massacre.

De plus en plus d'écrans tombent en panne. D'ordinateurs. De téléviseurs. Et plus généralement, les appareils ménagers. L'obsolescence programmée fait son œuvre. Les industriels n'avaient pas anticipé la pandémie. Ni la dictature. Cela contribue à l'isolement de numêtres de classe C et D. Puisque pour ces deux dernières catégories, il y a peu de chances de récupérer quoi que ce soit comme matériel vu les prix prohibitifs auxquels ils sont vendus. Pour la catégorie B, tout dépend s'ils ont la bonne méthode pour sucer le gras du système, ou pas. La catégorie A n'est évidemment pas concernée par ces pénuries.

***

XXIII

« Il s'agit de juguler l'anarchie et de ne pas livrer le pays aux chiens et aux vautours. »

(Discours d'ouverture Des grandes orientations du Guide Suprême, mai 2024)

La nuit, seuls les drones et le passage des patrouilles soulèvent le voile noir qui habille le deuil. D'une nuit sur l'autre, notre village se dépeuple. Je ne sais pas exactement combien nous sommes de survivants. Mais moins du tiers des 5 721 âmes d'hier, c'est certain. Et tous les jours, des cadavres sont ramassés ou des gens sont évacués pour différentes raisons.

Malgré les bons conseils de l'Ordre pour notre santé, malgré la propagande paternaliste, il y a énormément de suicides. Surtout après l'heure du couvre-feu total qui est fixé de 18 heures le soir à 8 heures le lendemain matin. Le télétravail s'arrête là. Et reprend là. Sur les mêmes horaires. Pour la grande majorité des gens, à partir de 18 heures, plus rien n'existe en dehors de leur foyer. À part le silence.

À 20 heures, c'est le black-out total. Toutes les portes et les fenêtres doivent être obstruées. Rien ne doit filtrer vers l'extérieur. Ni bruit ni lumière. Comme rien ne doit rentrer dans les prisons. C'est l'heure des huis clos familiaux, de la solitude absolue ou du coma médicamenteux. Et du suicide. Parfois collectif. Des familles entières y passent. Motivées par le néant. Chacun attend une fin. Quelle qu'elle soit. Alors, dans ce contexte, certains se disent que mourir aujourd'hui ou demain ne change pas grand-chose. Au mieux, partir plus tôt abrège la peine. Il y a aussi ceux qui anticipent leur expulsion. Ou leur rétrogradation de catégorie.

Pas une chaîne de télévision ne fait le point sur le problème du suicide. Les adolescents et les femmes seules seraient les premiers touchés par le phénomène d'après la résistance. Mais personne ne peut ou ne veut avancer de chiffres. On voit seulement sur les réseaux sociaux des photos légendées passer. Celles des gens qui préfèrent partir ou qui sont partis et sur qui leurs proches communiquent. Beaucoup s'annoncent avant de faire le grand saut. Ces témoignages sont effacés au jour le jour par les administrateurs des réseaux quand ils sont identifiés et ils sont immédiatement bloqués à la parution si les mots « *deuil, mort, suicide, adieu* » ou autres sont employés et donc détectés par les robots modérateurs. Les comptes des disparus sont clôturés dès qu'ils interviennent.

S'ils nous laissent ce semblant de liberté, cette petite impression de pouvoir communiquer, c'est uniquement pour mieux nous surveiller. Pour débusquer le dissident, le rétrograder et le punir. Alors comme beaucoup, je regarde sans faire aucun commentaire. Commenter c'est s'exposer. Il n'y a plus grand-chose d'intéressant qui circule. Les gens se servent des réseaux essentiellement pour avoir des nouvelles de leurs proches ou pour faire des connaissances virtuelles « encadrées », mais pour certains, c'est déjà mieux que rien et ça allège leur solitude. Les messageries privées n'existent plus. Alors, ils restent tous globalement prudents.

Sinon, sur les chaînes d'information, en dehors de la propagande, on parle encore et toujours des différentes pandémies qui secouent notre hémisphère. On montre aussi en gros plan les interventions militaires et policières contre les émeutes « *menées par les rebelles* » et les conséquences de leurs actions. Sang, feu, fer et larmes. Le schéma est simple. D'un côté, il y a les cowboys qui défendent la veuve et l'orphelin et de l'autre les Indiens sanguinaires, violeurs, voleurs et assassins. Pas d'équivoques. Pas de nuances. Les types en uniformes sont le bien incarné. Les rebelles sont le mal.

Plusieurs quartiers populaires de plusieurs grandes villes ont été totalement rasés par des incendies provoqués par ces soulèvements. Partout dans le monde. Mais dans notre pays plus qu'ailleurs. D'autres quartiers sont encerclés et des murs sont en construction tout autour. La population qui y vit n'est plus *prise en charge par l'État*. Ne concerne plus l'État. Ils sont condamnés à l'indignité nationale. Aucun journaliste n'emploie le terme *ghetto* pour qualifier ces foyers de rébellion. Aucun politique n'utilise le terme *guerre civile* pour décrire ce qu'il se passe. Pourtant, il y a eu des dizaines de milliers de morts de civils et des milliers de blessés ou de tués aussi du côté des flics ou des militaires. Mais non, il s'agit de *juguler l'anarchie et de ne pas livrer le pays aux chiens et aux vautours*. Ils n'en sortent pas. Les exécutions publiques, comprenez par là qu'elles sont filmées, sont redevenues à la mode. Un peloton de six hommes armés de fusils d'assaut, un officier qui commande le tir après avoir lu la sentence, un poteau et une victime. Dans d'autres pays, ce sont les pendaisons qui sont filmées. Ou les noyades.

Les hommages et les remises de médailles aux forces de l'ordre sont à l'occasion de nombreux autres évènements filmés. Ils remplacent dans les médias, les « courageux soignants » de 2020 que le peuple des manipulés applaudissait aux balcons. À chaque époque ses héros.

À chaque connard ses deux mains pour applaudir.

Ces fumiers de toubibs et consorts ont largement contribué à l'installation de la dictature. Probablement manipulés eux aussi, mais tout aussi corrompus à haut niveau que les politiques de l'époque. Je ne les ai jamais applaudis et je ne les applaudirai jamais. En revanche, j'applaudis ces gens qui se battent pour la liberté et pour survivre.

Ailleurs sur le territoire, de larges zones, des *no man's land ruraux* sont abandonnés par l'État. Mais cernés par les militaires. Ils ont ordre de tirer sur les occupants *des villages quarantenaires*, si un mouvement de population venait à s'y faire. Les gens qui y habitent y sont tout autant enfermés que les *murés* des grandes cités. On leur promet qu'on s'occupera d'eux dès que possible. On leur dit qu'on ne les oublie pas. De temps à autre, il y a un reportage sur eux. Les habitants jettent des pierres par-dessus les grillages et les clôtures en direction des militaires. Ils crient. Ils hurlent des insultes autant que des appels au secours. Des femmes tendent à bout de bras leurs jeunes enfants aux flics pour qu'ils les emmènent. La famine y fait des ravages. Il paraît qu'on y meurt beaucoup dans ces villages, d'une simple appendicite comme d'un accouchement délicat, comme du virus. Plusieurs villages, déclarés *foyer infectieux* ont été bombardés par l'Armée de l'air.

L'argument de l'Ordre qui domine, c'est que ces salopards de rebelles monopolisent trop de forces et de moyens pour que l'État s'occupe en priorité de ces zones. Ces pauvres gens servent d'otages pour faire plier les rebelles et la résistance. Ces zones crèveront d'elles-mêmes et ne seront bientôt plus fournies en énergie. Ils se retrouveront catapultés à l'âge de pierre d'ici peu. Le système a ses limites. Les élus et les principaux fonctionnaires et représentants en poste de ces zones ont été convoqués à la capitale en juillet 2022 pour une « table ronde ». Ils ont été mis d'office en quarantaine les uns après les autres, dès leur arrivée, dans des *structures adaptées* de la *Zone protégée*. Depuis, on ne sait pas ce qu'ils sont devenus.

On sait seulement que ces populations sont abandonnées à elles-mêmes et menacées à court terme d'extinction. Leurs leaders ont disparu. Ils n'ont plus de liens possibles avec le monde extérieur. Pas de recours. L'Inde et la Chine avaient montré l'exemple dès la fin de l'année 2021. Seulement là-bas, ça s'est soldé bien plus violemment encore, d'après ce que j'en sais.

Pour les zones où il y a des habitations isolées, une flotte de drones patrouille nuit et jour à la recherche des « égarés ». Puis des militaires, surnommés *les rafleurs*, finissent par débarquer de jour ou de nuit dans la moindre fermette. Ces gens avaient au départ l'ordre de rejoindre les villages alentour pour être recensés et déplacés ou intégrés. Ceux qui ne l'ont pas fait ont été considérés comme activistes. On a entendu parler d'exécutions sommaires de ces populations dès 2023.

Ce que je persiste à me demander, c'est pourquoi notre village ne s'est-il pas retrouvé classé comme un de ces no man's land ruraux…

***

XXIV

« La dominance du monde est une histoire aussi vieille que lui.

Certaines civilisations en ont annihilé ou annexé d'autres à travers les âges.

Une guerre est une guerre.

Avec ses conséquences.

Et nous sommes en guerre.

L'humanité se souviendra et un jour, le pays responsable du chaos paiera pour ses crimes. Mais pour l'instant, la priorité est ailleurs. »

(Dernier discours avant la dissolution de l'OTAN du Guide Suprême, mai 2023)

Le premier Covid n'était qu'une grippe sévère. Nous le mesurons tous aujourd'hui. Ceux qui croyaient dur comme fer à l'époque, être les témoins de l'épidémie des âges, n'étaient que de sombres cons, moutons et hypocondriaques.

Le second Covid, un variant amélioré, combiné aux vaccins, celui de l'hiver 21-22, fut beaucoup plus efficace que le premier. Évidemment, on niait le rapport avec le vaccin et ses effets secondaires. On constatait, mais *sans preuve.* On n'osait pas stopper la machine à piquouses qui elle-même alimentait la machine à fric.

Pourtant, la situation avait commencé à dégénérer dans les trois mois après la campagne de vaccination massive de juin. Celle qui eut lieu juste après l'intervention télévisuelle du futur Guide Suprême, et qui s'est soldée par une explosion de la vaccination sous la menace de l'anéantissement de la vie sociale pour tous. Mais, encore une fois, propagande et censure faisaient loi. On niait encore et toujours les chiffres. *C'était probable, mais ce n'était pas certain. Nous n'avons toujours pas assez de recul* était la phrase à la mode des toubibs. Quant aux médias, ils avaient pris l'habitude de tout faire sauf leur boulot.

Puis, ce fut le temps de la troisième dose. Obligatoire. Par précaution, disait-on. Et à partir de là, le début de l'année suivante fut daté par une hécatombe sans précédent. On a passé la barre du million de morts sur le territoire dès le printemps 2022. Rien que pour le pays. Et c'était pareil dans le reste du monde.

De vrais chiffres circulaient pour une fois. Difficile à mettre en doute. Il suffisait de regarder son quartier et de faire un rapide calcul de proportion. De plus, ce Covid de deuxième génération était beaucoup plus agressif que le premier, et les gestes barrières, et toutes les autres foutreries comme les masques ne servaient plus à grand-chose. D'ailleurs, les masques n'étaient qu'un placebo. Un entonnoir psychologique pour rassasier les gogos et ça dès le départ. Une mise en condition pour le futur. Les seules vraies protections étaient d'ordre « professionnel ». De celles qui équipent le personnel des laboratoires. Et qui n'ont jamais été disponibles pour la population.

Puis, comme dans L'Apocalypse de Saint-Jean, les quatre cavaliers se sont réunis dans les mois qui ont suivi, avec quatre formes différentes identifiées du virus, juste avant la coupure mondiale des communications qui engendra le grand black-out planétaire.

L'un des Covids était associé aux vaccins et donc parfaitement identifié, le second était un mutant particulièrement meurtrier, qui décima en un rien de temps le système médical et hospitalier mondial, mais qui a eu l'élégance de disparaître de lui-même très rapidement. Le troisième était un inconnu du bataillon, mélangeant fièvre jaune et grippe européenne, moins meurtrier que le deuxième virus, mais transmissible de l'animal à l'homme et de l'insecte à l'homme. Celui-là frappa particulièrement en Afrique et en Amérique latine, peu en Europe en proportion. Le quatrième est le « Terminator », il fut rapidement surnommé ainsi. Parce qu'il fut révélé à la population comme étant d'origine militaire par un laboratoire canadien indépendant. C'était donc une arme fabriquée par l'homme pour tuer l'homme. Une arme de destruction massive préférant l'eau comme véhicule à tout autre chose. Et il n'a rien perdu de sa virulence, le Terminator tue encore aujourd'hui un homme de 25 ans en pleine santé en une journée. Et il a le record absolu du nombre de victimes à travers le monde.

La Chine fut pointée du doigt par plusieurs agences de renseignements des pays occidentaux quant à la paternité de ce rejeton. Et la situation internationale s'enflamma. Quant aux pauvres gens qui avaient le malheur d'être de souches asiatiques, imaginez ce qu'ils ont subi par les populations dans la plupart des pays du monde.

Dès lors s'ajouta la vieille peur de la guerre mondiale nucléaire au reste. Et dès lors, l'humanité se fit rat. Les caves, les grottes, les sous-sols, les cavernes, les tunnels, les trous et les tranchées devinrent les nouvelles arches de Noé. Les gens se planquaient comme ils le pouvaient. Ils ne voulaient plus rester dans les maisons, dans les immeubles et plus généralement dans les villes. Pour d'autres raisons, mais aussi pour celle-là. Car, par vagues, la rumeur courait que telle ou telle ville allait être la cible des missiles nucléaires chinois. À cette époque, comme je vous le décrivais plus tôt, la peur, la folie et le survivalisme ont conduit les populations aux pires exactions. Je crois que les mouvements de populations records qui ont été engendrés par la Seconde Guerre mondiale étaient inférieurs à ce qu'il s'est passé en 2023.

Pour l'instant, le conflit armé tant redouté avec l'Asie n'a pas éclaté. Sauf du côté de l'aéronavale américaine et russe. Mais, c'est encore sporadique.

Même si toutes les relations diplomatiques sont rompues avec les États adhérents de l'Ordre Nouveau, quel pays, même parmi les dictatures les mieux menées, a les moyens humains disponibles pour faire la guerre ?

Et comment la financerait-il ?

Quant à la Chine, elle a la mainmise sur toute l'Asie aux dernières nouvelles. Et pour le moment, cela semblerait lui suffire. Elle se contenterait de tenir à distance Russes et Américains avec sa marine. Espérons-le.

***

XXV

« S'il faut séparer parents et enfants, nous le ferons. Comme vous devrez l'accepter. Votre survie individuelle comme la survie collective passe par là. »

(Guide Suprême, allocution du 17 juillet 2023)

Les écoles sont fermées depuis un bail, vous vous en doutez. Il paraîtrait que les enfants furent le principal vecteur de transmission de l'un de ces nouveaux variants, ô combien meurtrier. Qu'ils seraient responsables de la prolifération du virus plus que toute autre créature de la planète !

Non malades à l'époque des premières déclarations officielles sur le sujet, mais extrêmement contagieux puisque déclarés porteurs de la valoche. Les écoles furent toutes fermées progressivement, région par région. Et les enfants furent consignés à domicile. Consignés, mais testés.

Dans le monde entier fleurirent comme des coquelicots dans les champs de blé, des camps d'internement pour la progéniture malade ou porteuse du virus qui voulait la peau de l'humanité.

Le point fort fut atteint en janvier 2023. Les familles furent séparées, démantelées, et leurs membres arrachés au moindre test PCR positif. Pour les autres, les enfants « sains », c'était la quarantaine absolue.

Nous y avons échappé. Parce que nous avons fui à la montagne. Nous avons fui parce que notre fils avait la rougeole. Et que les premiers symptômes de la rougeole étaient assimilés à ceux du Covid.

Nous y avions un point de chute. Et nous sommes partis juste à temps. Nous ne sommes revenus chez nous que lorsque la folie s'est apaisée. Nous avions avec nous en plus, deux autres gamins en charge. Trouvés dans les bois. Planqués par leurs parents. Mais malheureusement, sans nouvelles d'eux depuis plusieurs jours quand nous les avons rencontrés.

Quand nous sommes rentrés au village, pour occuper notre maison et éviter ainsi qu'elle soit réquisitionnée, nous avons dû les laisser derrière nous. Les emmener c'était les condamner à aller ramasser des coquelicots dans un camp. Ma femme ne s'en est jamais vraiment remise. Et moi non plus. Nous les avons confiés à de braves gens. Des montagnards. Dont nous n'avons plus de nouvelles, évidemment.

Dans les montagnes, paradoxalement nous étions mieux informés qu'ici. Je captais des radios étrangères. Je croisais des gens sur les sentiers. Tous avaient quelque chose à dire. Et tous avaient peur.

Tous, nous nous tenions à des mètres de distance les uns des autres pour parler.

Ce sont les connaissances de ma femme en botanique qui nous ont sauvé la mise. Pour nous nourrir comme pour nous soigner.

Je me souviens en particulier d'un vieil homme que j'avais rencontré alors que je posais des collets. Il m'avoua être un fonctionnaire d'ambassade. Il avait fui quand il avait constaté que ses collègues déjà rapatriés ne donnaient plus aucun signe de vie. Il m'apprit beaucoup de choses sur le vaste complot dont nous avons été victimes. Il marchait dans la montagne depuis 3 semaines. Il était épuisé. Il ne fallait jamais rester plus de quelques minutes au même endroit si l'on pouvait être vu du ciel pendant un déplacement. Je ne sortais que pour cueillir, ramasser ou chasser. Un autre matin, un couple avec leur fille, qui ne devait pas avoir plus de 14 ou 15 ans, me proposa, en échange de faveurs sexuelles avec la demoiselle, de payer la passe avec le gibier que j'avais en main.

Une autre fois, deux branleurs d'une vingtaine d'années ont essayé de s'introduire dans notre petit chalet. La bagarre a été violente. Et traumatisante pour les miens. Comme pour eux.

Heureusement aujourd'hui, si je puis dire, les enfants meurent tout autant que les vieillards du Terminator et de ses potes.

Et tous les autres aussi meurent.

Comme les vaccinés de la première heure. Comme les vaccinés de la deuxième heure qui ont cédé à la menace de l'exclusion sociale.

Comme l'ensemble du petit peuple qui a laissé faire, qui a laissé la vie foutre le camp parce qu'il était trop occupé à trembler pour réfléchir.

Enfin, les enfants ne sont plus stigmatisés…

C'est toujours ça.

Ça leur fait une belle jambe, mais c'est toujours ça.

Ces camps pour enfants malades servent maintenant en principal aux dissidents et aux réfugiés qui se font gauler sur le territoire. Car malgré les efforts des dictateurs, le nôtre et ceux des voisins, les frontières ne sont pas encore totalement hermétiques.

Nul ne sait combien de ses enfants et nul ne saura jamais combien d'entre eux ont retrouvé leurs parents ni combien sont morts ou disparus. Et pour les disparus, je me doute de ce qu'ils deviendront : des soldats, des valets, des pondeuses et des putes de l'Ordre Nouveau. Peut-être même de la pièce détachée pour riches. Allez savoir !

Les enfants reprendront l'école quand, paraît-il, la pandémie sera jugulée. Mais « différemment » d'avant la crise sanitaire, a précisé le très jeune ministre de l'Éducation fraîchement nommé. C'est un ancien porte-parole du gouvernement. Bien connu. Un précieux. Pour l'instant, avec cette déclaration, toutes les spéculations sont possibles. Mais, je crois que quand la pandémie sera « jugulée », les enfants en question n'auront plus l'âge d'aller à l'école et pour tout dire, ne seront pas loin de la date du recyclage. Et le Terminator sera en retraite. Il ne sera plus utile. Ou il s'amusera dans le tiers monde restant en faisant du tourisme.

Quant au professorat, qui tendait déjà en 2020 à devenir une activité virtuelle, visiblement, il le restera. *L'avenir de l'Éducation nationale passe par le numérique et uniquement le numérique* », a déclaré le Premier ministre récemment. Le professeur de demain sera un logiciel. Pour celui-là aussi, j'aimerais commander le peloton d'exécution.

Tous les enseignants de plus de 50 ans qui ont survécu ont été mis en retraite officielle depuis 2024. Quant aux lycées et aux écoles, ils sont devenus des mouroirs ou ils sont à l'abandon. La plupart sont situés dans les banlieues des villes. Beaucoup sont donc engoncés dans les *zones rebelles*. Là où les massacres sont organisés à l'ancienne.

***

XXVI

« La planète comptait près de 8 milliards d'êtres humains en 2020. Et moins de 5 en 2024. Elle ne peut en supporter que 3, au maximum, pour préserver son équilibre. Il y va de la survie de l'espèce humaine comme de sa matrice. En conséquence, les prochaines générations devront continuer à se sacrifier. La décision du sacrifice ne leur appartient pas. Elle appartient à la raison universelle. Et cette raison est celle de vos guides. »

(Discours de l'avenir. Guide Suprême. Mois 8 de l'an 0)

L'ambiance est angoissante. Seul le croassement des corbeaux qui survolent le village contrarie de temps à autre le son lourd de la pluie sale qui heurte les vitres. Elle doit être encore chargée de merde chimique. Au début, les haut-parleurs nous prévenaient depuis la mairie quand les pluies sales arrivaient. Mais plus maintenant.

Les corbeaux sont très nombreux ce matin. Anormalement nombreux. C'est la peste noire de Manosque qui revient. Sans le hussard. Ces affreuses petites silhouettes morbides me sapent le moral. Je n'ai jamais pu blairer ces volatiles. Il y en a de perchés un peu partout. Dans les rares arbres qu'il reste, sur les toits, sur les clôtures, dans les haies...

Ils croassent comme des cons sans que je comprenne ce qui les motive. Un peu comme s'ils se foutaient de ma gueule. Je voudrais pouvoir les buter un par un. Ces saloperies d'emplumés sont les stars du bestiaire de mes enfers. En covedettes avec ces vacheries de rats. Et ces putains de miliciens.

Les espaces publics sont envahis par des bêtes sauvages. Tout goudron, tout béton, toute structure construite par l'homme est assailli par les plantes, par les insectes et par les animaux. La nature reprend ses droits sans délicatesse. Elle nous vire à grands coups de pompe dans le cul. Les hommes ne la contrôlent plus. Nous ne sommes plus assez nombreux. De trop, nous sommes passés à trop peu.

Trop peu pour occuper les territoires comme jadis. Trop peu pour refaire fonctionner à plein régime la matrice industrielle qui nous a détruits. Plus assez nombreux pour jouer les colonisateurs. Et cette salope l'a bien compris. Elle se venge.

Quand les mouches et les moustiques pullulent dans des nuages vibrants et instables à un endroit précis, c'est souvent parce qu'ils sont attirés par quelque chose. Là, c'est le cadavre d'un homme qui pourrit à quelques dizaines de mètres de la clôture de ma maison qui les attire comme le miel. Il a été abattu par la brigade de surveillance territoriale il y a quatre jours. Dans la nuit de mercredi dernier. Un candidat au suicide, un fou, un résistant, un amoureux transi… on ne saura jamais ce qu'il a été. Ni pourquoi il a risqué sa peau aussi stupidement. Il gît face contre terre. Je ne sais pas si je le connais ou pas. À voir ses vêtements gris, je dirais que c'est un déplacé. Je crois qu'il porte une combinaison d'ouvrier. De métallo. Mais je n'en suis pas certain. Je me dis aussi que si la milice met de plus en plus de temps à ramasser les morts depuis quelques semaines, ce n'est certainement pas bon signe pour les vivants.

Des mares qui se sont formées un peu partout avec des eaux usées ou des eaux de pluie attirent la vermine. Et pas de chance pour lui, il a été abattu à proximité d'une de ces grosses flaques. Il est à moitié bouffé au bas ventre. Il y a des colonies de rats qui défilent au pas de charge dans toutes les rues. J'ai presque envie de leur construire un arc de triomphe pour qu'ils défilent en bon ordre. Après tout, ils représentent bien ce que nous sommes devenus. Des rongeurs. Des putains de rongeurs en cage…

***

XXVII

« La politique n'est pas l'affaire du peuple, mais celle de ses dirigeants. »

(Déclaration du Guide Suprême pour la fermeture de l'Assemblée national au profit du Directoire, juin 2024)

J'essaie d'écouter les nouvelles à la radio. Je peine un peu. C'est décousu. Le réseau est faible. Peut-être que dans les grandes villes, on capte mieux. Mais ici, c'est de plus en plus faible au fil des jours. Les nouvelles ne sont pas bonnes même si elles sont sans surprises. Les médias débordent de joie et de reconnaissance pour le pouvoir. Ils commentent sans passion, mais avec chaleur, le premier anniversaire de l'an un du règne du Guide Suprême. Ils refont patiemment l'historique du fumier en titre. De cet incompris que le peuple a détesté un temps. À la fin de son premier mandat de président. De l'homme des discours d'interdictions. De l'homme de la ségrégation. De l'homme vaccin. Maintenant, c'est une icône. Mais pour les numêtres de catégorie A uniquement. Les autres rêvent tous de le descendre.

Croyez-moi. Pour les propagandistes, il est devenu l'homme droit qui marche dans la tempête. Le grand skipper comme ils disent, parce que pour « le grand timonier », Mao avait posé un brevet en son temps sur l'expression. Pareil pour le commandant, pareil pour le capitaine… Ils ont dû se creuser la carafe sérieusement à la propagande pour pondre un truc aussi con. Bref, pour eux, il est l'homme qui porte le pays sur ses épaules et symbolise à lui seul le redressement. Le type qui *construit patiemment l'escalier dans la montagne* et qui nous fera *monter les marches une à une jusqu'au sommet.*

Les commentateurs sont zélés. Ils ont la bouche pleine de bons mots et ne polémiquent que sur des points de détails de la politique du Directoire. Un semblant de critique ne nuit pas. Au contraire, elle est censée attester de la magnanimité de l'élite.

La liste des nouveaux nominés aux hautes fonctions a été publiée récemment. Les élections n'ont jamais réellement eu lieu. Elles ne furent qu'une foirade numérique finement orchestrée. Comme en 2022. C'est d'autant plus facile que l'Assemblée nationale n'existe plus, que les grands électeurs ne sont que des pantins ou des faux témoins de l'accident et que si le Sénat existe encore, ce n'est que sur le papier.

J'observe que le jeu des écrans interposés brise les élans des intervenants. Il n'y a plus de débats en plateaux ou en studios. C'est efficace comme méthode. Ceux qui posent les questions qui grattent par inadvertance ou par bêtise sont directement mis hors ligne. Les meneurs des débats ne s'embarrassent même plus pour trouver des prétextes à ces censures. Les places sont chères et les privilèges accordés à cette presse étatique nombreux. Il y a beaucoup d'individus de classe A parmi eux. Alors, on préfère ignorer la gravité pour parler d'apesanteur. D'ailleurs, qu'est-ce qui est grave ? Qu'est-ce qui mérite l'attention pleine et entière du peuple ? Quelles sont les priorités ? Qui est encore capable de le dire ?

Moi, je me souviens surtout de celui qui a détruit le pays pour garder le pouvoir. Du fasciste à l'âme noire et milicienne. Du fumier qui a assassiné tant et tant de gens. Et parmi ces gens, de mes proches. Qui s'est associé à un complot mondial. Qui a trahi son peuple. Je voudrais être plus jeune et sans famille à charge pour pouvoir me battre et en assumer seul les conséquences. Je pleure de rage et d'impuissance comme de désespoir. Je pleure comme un connard sans armes et sans armée, mais déterminé et animé par une haine farouche.

***

XXVIII

« La propriété privée, autre que celle des États et d'une élite active œuvrant pour le bien commun, est une hérésie. Une folie. C'est ce qui a conduit les peuples à la dispersion et à la surconsommation. Comme aux conflits. C'est aussi ce qui a permis au crime de se développer jusqu'à pourrir toutes les couches de la société.

Il n'y aura plus d'accès possible à la propriété pour le peuple.

C'est fini.

Oubliez ce concept éculé et pensez que toute votre vie vous logerez chez vos parents et que ces parents sont l'Ordre Nouveau et ses structures. »

(Discours du renouveau social. Ministre du Trésor. Décembre 2024)

Le collectivisme efface les tracas personnels. La pensée unique édulcore le drame. Le virus tue la polémique. La dictature répond aux consciences. Le chômage et la vieillesse ne sont plus des problèmes. L'enfance et la famille pareillement. Comme la délinquance, l'immigration et le reste. Tous les grands problèmes de la société d'avant sont résolus. En 84 mesures phares mises en action par le Guide Suprême et son Directoire qui ont construit ainsi la dictature la plus complète et la plus sordide que l'humanité ait connue. 84 inhumanités. 84 marches qu'ils ont gravies les unes après les autres pour arriver jusqu'au sommet de leur Olympe.

Je me souviens des derniers résultats approximatifs de ces grandes élections d'autrefois. Elles avaient lieu tous les cinq ans. Je me souviens de ce qui a été les dernières élections et qui seront présentées un jour, dans l'Histoire, comme le dernier simulacre démocratique avant l'effondrement de notre pays. Avant le cataclysme mondial.

Les dictatures se sont multipliées sur tous les continents. Elles sont fédérées. Et complices dans l'horreur. Combien d'années d'épouvante nous attendent ?

Je me demande quelle génération parviendra à venir à bout de ces fumiers et de leurs descendants !

Et comment feront-ils pour inverser la vapeur ?

Qui seront ces héros de demain ?

Parce qu'un jour, il nous faudra bien des héros.

Je me demande aussi comment sera appelée cette période de l'Histoire et comment tous ces guignols au pouvoir finiront ? Je me demande ce que les générations futures penseront de notre bêtise et de notre lâcheté ?

De cette foirade magistrale, de cette décadence, de ce retour à l'obscurantisme.

De cet assassinat de l'humain sans précédent dans l'histoire du monde.

Le président, qui n'était pas encore le Guide Suprême, avait condamné les bureaux de vote à la nuit par ses manipulations odieuses. Puis, il avait actionné l'article de la Constitution qui l'autorisait à exercer une dictature temporaire, au sens romain du terme. La mesure, pourtant d'une importance capitale, a été noyée sous les flashs infos et les reportages chocs sur les émeutes des banlieues et les convois funéraires du printemps de la même année. L'État avait organisé le grand bal télévisuel des corbillards avec la Croix-Rouge comme sponsor principal. Ils ont organisé une Toussaint laïque et les gens se sont mis à genoux pour prier.

Les morts quittaient les morgues dans des housses blanches, puis ils étaient entassés dans des camions militaires et encadrés par des motards pour leur dernier trajet. Sans services religieux et sans l'accompagnement de leurs familles. Émeutiers comme victimes du virus mélangés. Ni fleurs ni couronnes. Mais des larmes et de la peur et au bout de la route, le crématorium. L'usine à cendres.

L'incinération est devenue obligatoire depuis. Quelle que soit la cause de la mort.

Ensuite, plusieurs funérariums de l'Ordre se sont construits à la sortie des grandes villes du pays.

Un des 84 décrets interdit toutes funérailles privées depuis le mois de mars 2023, mais le système est en vigueur depuis 2022. C'était juste avant la mise en place de ce que les médias nomment encore de nos jours *le grand confinement*. Le terme est presque devenu biblique. Et la messe de l'Ordre est dite. Personne n'a séparé la mer Rouge en deux pour foutre le camp avec le petit peuple à son cul. Pas de fuites possibles. Pas de rémissions.

***

XXIX

« Dénoncer, c'est aider. C'est participer à construire un monde meilleur en le débarrassant du crime et de la subversion. C'est porter un coup mortel à l'anarchie et au mal absolu. »

(Discours du ministre des Polices, septembre 2023)

Les reportages sur les villes fermées et sur les interventions miliciennes sous les ordres des nouveaux seigneurs de régions, anciennement appelés préfets, se succèdent avec récurrence à l'antenne. Ces types ont le pouvoir de faire maintenir l'ordre comme ils l'entendent. Leur autonomie est presque totale. Et un certain nombre de tarés sont devenus seigneurs.

Depuis deux ou trois ans, la main-d'œuvre pour maintenir l'ordre et la sécurité ne manque plus. Beaucoup de gens s'engagent dans des brigades territoriales. Surtout les jeunes. On compte un milicien pour dix habitants dans les zones protégées. Ces brigades patrouillent en combinaisons étanches dans les rues. Ces bébés tueurs sont particulièrement zélés. Ils sont payés aux résultats et ils se nourrissent bien. Comme tous les fonctionnaires de l'Ordre Nouveau.

Le pays a aussi réglé ses comptes, ses querelles et ses jalousies entre le naufrage et le vide épidémique. Et il n'a plus eu que ça à foutre pendant un temps pour s'occuper l'esprit. En dehors de la délation domestique, la fermeture de sites, de pages, de blogs et de tout organisme de presse ou de diffusion d'opposition est allée bon train.

Aujourd'hui, il n'y a plus guère de monde à dénoncer. Et dénoncer quelqu'un, c'est avouer que l'on est sorti du schéma classique des restrictions et de l'isolement. Alors, c'est le coup de l'arroseur arrosé. Et le délateur finit souvent dans la même cage que sa victime. Même les plus cons des survivants ont fini par le comprendre.

Signaler, c'est se signaler et ça n'amène rien de bon.

En conséquence, par peur, de plus en plus de gens désertent les pseudo réseaux sociaux restants. Et puis les heures de consultation ouvertes sont devenues celles des heures de télétravail. Et se faire prendre sur un réseau social pendant le télétravail conduit à un licenciement sec et à un signalement judiciaire et donc à une possible enquête pour fait « d'activisme ». Mot à la mode et livré sans autre qualificatif derrière. Ce qui veut tout dire et ne rien dire et laisse le champ des possibles cultivable à l'infini.

***

XXX

« Le revenu universel est le socle commun des peuples. Il est l'égalité impérieuse et immuable nécessaire à toute société généreuse et progressiste. »

(Discours du Guide Suprême sur la gestion individuelle)

L'indemnité de chômage est fixée à 600 euros par mois pour tous, quels que soient le statut ou les qualifications. Et les droits ne peuvent être renouvelés passés trois mois d'inactivité. Au bout de ce délai, vous êtes « affecté » à « tiers prix » sur n'importe quelle autre tâche utile à l'Ordre. Le revenu universel pour les travailleurs est à 1 000 euros. Plafonné à 1 500 euros pour un foyer qui compterait deux travailleurs ou plus. L'indemnité équivalente est de 500 euros pour les moins de 25 ans.

750 euros par foyer qui compterait deux travailleurs ou plus. Pour les plus de 55 ans, le revenu est de 700 euros, plafonné à 1 000 par foyer.

Le statut d'étudiant n'existe plus. Tous les cycles universitaires sont interrompus, sauf en médecine. Évidemment. Pour eux, c'est l'internat et au bout un fonctionnariat obligatoire. Si la médecine a été la grande gagnante d'un point de vue médiatique, financier et législatif en 2020 et 2021, aujourd'hui, surtout depuis la révolte de ses chefs, elle est devenue un ghetto. Les soignants ont dû individuellement signer tout un tas de contrats et de déclarations sur l'honneur les plaçant sur un statut quasiment militaire. La médecine a payé très cher sa rébellion de la dernière heure. Je ne vais pas les plaindre. C'est eux qui ont provoqué l'avalanche en gueulant dans la montagne. Le statut de travailleur indépendant n'existe plus non plus. De toute façon, plus de 65 % des métiers recensés hier ont aujourd'hui disparu. Les mesures actuelles se succèdent à une vitesse ahurissante, sans que le numêtre de base ne puisse faire autre chose que les subir. Parfois en les découvrant sur le tard. C'est-à-dire trop tard. Nul n'est censé ignorer la loi, en revanche, cette devise est toujours en vigueur.

Les banques ne sont plus ouvertes au public depuis 2023 et toutes sont désormais nationalisées. Il n'y a plus de communication possible avec une personne physique, quel que soit le service. On peut seulement consulter son espace via son ordinateur. Les virements entre particuliers, même entre membres d'une même famille, sont interdits. Comme l'épargne ou les placements pour les catégories B, C, et D de la population. L'assurance-vie a également disparu. Le secret bancaire aussi. Comme la carte bleue ou tout autre moyen de paiement. Seul le prélèvement demeure. L'argent liquide a lui aussi disparu depuis la grande pandémie. Et il ne reviendra pas.

L'argent liquide était soi-disant un vecteur trop important de contamination d'après les études réalisées par les virologues de l'Ordre, mais aussi une motivation pour la délinquance d'après le ministre de la Police.

De plus, le commerce n'existe plus. Du moins, de la façon dont nous le connaissions. Donc, sans main à main, sans déplacement, plus besoin de monnaie. Des milliers et des milliers de commerçants ont absolument tout perdu. Et, ils sont, avec les artisans, considérés comme responsables des émeutes qui ont secoué le pays et occasionné les *évènements du reconfinement*. Les restrictions sociales, le rejet du Code du travail progressif, la mise au clou tout aussi progressive des syndicats ont couronné l'opération de succès. Les employeurs ont licencié en masse dans les semaines qui ont suivi la pandémie de 2022. Sans autres vraies raisons que d'essayer de sauver leurs entreprises. Les robinets de l'État bienveillant et généreux étaient déjà fermés. Plus de prêt. Plus de délai de paiement. Le « quoi qu'il en coûte » avait montré ses limites. Ce ne fut pas une surprise. Comme ce n'est pas une surprise non plus pour les bénéfices records des grands groupes en cette même période. Ils ont vu cependant l'Ordre se mêler de plus en plus de leur comptabilité. Jusqu'à prendre des parts, voire à nationaliser dans certains cas. Ils sont tous désormais fortement imposables. Et à la botte. Ces révoltes se sont intensifiées, quand pour la troisième fois en deux ans le gouvernement a décidé de fermer tous les commerces, et cette fois pour une période indéfinie. La grogne a enflé, puis a gagné les rues. La police a tiré. Les manifestants ont riposté. Pendant presque un mois, trois des plus grandes villes du pays ont été mises à feu et à sang. D'autres villes dans les provinces ont suivi le mouvement, mais, sans la pression des banlieues chaudes, les mouvements se sont calmés d'eux-mêmes. Et puis, Terminator a débarqué. Le conflit a cessé.

Aujourd'hui, c'est sporadique. Mais la répression est terrible. On estime que la population du pays a diminué de presque 3/5. Dans cette proportion donnée par la résistance, à noter que les gens de souches asiatiques, africaines, indiennes ou autres, en clair celles qui ne sont pas caucasiennes, ont particulièrement été touchés. Pour ne pas dire visés.

Pour ceux qui avaient des bas de laine en cash, ils ont dû justifier d'où provenait l'argent qu'ils devaient confier aux sbires de l'administration fiscale qui passaient en porte-à-porte, à des dates données, pour le récupérer, encadrés par des pelotons de militaires. Tout ce qui n'était pas justifié devenait sans valeur. Le cours des métaux précieux n'était déjà plus disponible pour les particuliers. Il n'y avait plus de références de valeur possible. Pour l'or, de vastes campagnes dignes des emprunts français du siècle dernier ont permis à l'Ordre de récupérer un tonnage conséquent en échange de bons fiscaux ou de participatif à des entreprises nouvellement nationalisées. Réservé aujourd'hui à la catégorie A. La finance appartient désormais non plus à un cercle restreint, comme on avait coutume de le dire, mais cadenassé.

Le troc comme le marché noir ont été sévèrement réprimés. Et dans les faits, ils sont devenus impossibles de nos jours. Quant aux pierres précieuses, elles n'ont plus aucune valeur marchande. Même chose pour les œuvres d'art ou les objets de collection. Ils n'ont aucune cote officielle aux motifs que les pillages ont été trop nombreux, que les spoliations étaient devenues reines et que l'absence d'autorisations pour la vente de biens comme l'absence des professionnels du milieu placent ces ventes sous le coup du recel, du vol, ou de l'escroquerie.

Le surendettement a été aussi supprimé. Au début, l'Ordre rachetait les crédits contre les titres de propriété. Si les dettes d'un ménage étaient liées à la consommation, et qu'il ne pouvait plus rembourser, il devenait l'heureux propriétaire d'un certificat qui nominalement lui interdisait à vie de contracter un crédit de quelque nature qu'il soit. Et qui donnait une notation aux individus concernés comme à leurs enfants. À l'époque, un simple rajout d'une lettre à la suite du numéro de Sécurité sociale lui affectait le statut définitif. Les dettes étaient partiellement effacées en retour de cette notation. Le reste dû s'ajoutait aux charges courantes. Ceci pour tous les gens n'ayant pas 500 000 euros minimum de capital garanti disponible. Aujourd'hui, les matricules des catégories B, C, D et E ont remplacé le fait.

Dans un premier temps, au début du grand confinement, les loyers ont été plafonnés et dans beaucoup de villes et villages revus à la baisse (d'environ 30 %), mais avec le solde directement versé à l'Ordre. En contrepartie, il n'y avait plus de prestations sociales. Aujourd'hui, à moins d'être dans la catégorie A, la propriété n'existe plus. Et c'est l'Ordre qui rétribue les rares propriétaires restants.

***

XXXI

« La nature a voulu que la femme porte l'enfant. C'est son rôle et c'est donc aussi son devoir. Surtout envers l'Ordre Nouveau qui la protège. Quand l'Ordre le demande, elle doit se dévouer. Si l'Ordre ne souhaite pas l'enfantement, elle doit s'y résoudre. »

(Discours des égalités et des différences, mois 7 de l'an 0)

Je suis tombé sur une vieille revue pliée au fond d'un sac. De la presse féminine d'avant le big bang. Les titres de la couverture sont tous axés sur le bien-être nombriliste en vogue à l'époque. C'est à hurler de rire dans le contexte actuel. Je lis : *Et si nous revenions au mini short en jean ? Une soirée en club échangiste ? Pourquoi pas ? Pourquoi mon boss me kiffe, mais ne saute pas le pas ?*

Quand j'ai vu ce sac au fond du garage, j'ai eu une envie soudaine et irrésistible de le prendre en main, d'enfiler ma veste et de sortir. Nostalgie des petites courses en épicerie du dimanche matin. Vieilles envies d'apéritifs, de fromages et de vins. C'est curieux, mais ce sont les choses les plus anodines, parfois même les choses que je considérais comme des corvées, qui me manquent le plus. Comme de sortir les poubelles en évitant les merdes de chiens sur le trottoir ou encore aller chercher du pain sous la flotte.

Je feuillette ce vieux machin. Presque 100 % de ce qui se trouve à l'intérieur, images et textes, seraient interdits aujourd'hui et d'ailleurs, une bonne moitié de ce qu'il montre n'existe plus. Depuis presque 4 ans maintenant, les mères de famille qui sont tombées sous la coupe de l'Ordre Nouveau sont encouragées à ne plus travailler. Ni sur site ni en télétravail. Au prétexte qu'une grande enquête commandée par l'Ordre aurait révélé que les hommes n'avaient aucun talent pour éduquer les enfants et que seules les femmes, en raison du lien physiologique particulier qu'elles ont avec leur progéniture, seraient aptes à le faire. Et c'est désormais acté par le Directoire depuis cette année. Reconnu d'intérêt public. Une femme élève son enfant et ne doit rien faire d'autre. D'autant que l'école comme toutes les structures classiques liées à l'enfance n'existent plus.

Dernièrement, des tests de paternité gratuits, simples, rapides et fiables ont été mis dans les boîtes à lettres de tous les pères demandeurs.

C'est une amorce.

Un test.

Un de plus.

Que la propagande relaie en grand.

Je crois comprendre qu'à l'avenir, tout homme devra prouver qu'il est bien le père d'un enfant pour avoir droit au titre. Et donc au statut comme à la paye et la ration qui vont avec. Toutes les familles seront un jour ou l'autre contrôlées. Ça me paraît être une évidence. Et les cocus de l'histoire seront probablement déchus de leurs droits parentaux. Et du reste. Et les femmes adultères certainement catégorisées en quelque chose. Cette bassesse va dans le sens de la politique de contrôle que l'Ordre Nouveau veut mener sur les femmes comme sur les familles. Avec cette mesure, ils peuvent aussi remonter dans la vie des gens, dans leurs passés, et les punir pour des actes qui seraient normalement tombés sous le coup de prescription. Il y a fort à parier qu'une femme qui a déclaré le « mauvais père » à l'état civil sera sévèrement punie. Même si cela date d'avant ces lois féminicides. Ils agiront sous couvert de la morale et de l'honnêteté et avec l'excuse *du contrôle de la natalité pour le bien de tous*. Jusqu'au jour où ils pourront se passer définitivement du ventre des femmes du peuple pour leurs projets.

Mais, paradoxalement, il n'est pas possible de se séparer ou de divorcer. Le divorce n'existe plus. Comme il est impossible de quitter le foyer conjugal. Mesures sanitaires et traçabilité des individus obligent. Alors, par suite *à la vague de la vérité*, comme ils disent, les drames domestiques se succèdent et renforcent encore la mainmise de l'État sur la vie privée de sa population. Le but à terme est évidemment de supprimer une fois pour toutes cette notion de « vie privée », trop permissive et trop handicapante pour un état totalitaire qui fait du contrôle plein et entier de l'individu sa priorité.

À en entendre les hurlements de mes voisins de gauche, « papa » n'est pas content des résultats de son test. Depuis deux jours, il tabasse sa femme. Elle crie comme une truie qu'on égorge. On entend des chocs sourds et des bruits de casse. Ça se passe devant leurs gosses, puisqu'eux aussi crient.

Mais je ne peux et je ne veux rien faire.

Si j'appelle la milice quand elle passe dans la rue en patrouille, ils viendront d'abord chez moi pour prendre note officiellement de ma demande d'intervention. Et ça, c'est hors de question. Signaler, c'est se signaler. Chacun sa merde et le chiotte restera propre, comme dirait le poète.

Je ne veux pas mettre ma famille en danger.

C'est lâche ?

Certainement.

Mais je vous emmerde.

Quant à ce gros con, à part une balle dans la viande, je ne vois pas ce qui pourrait le calmer. Surtout pas les miliciens. Il n'attend que ça, qu'ils entrent chez lui et que ça se passe mal. Si les miliciens s'en occupent, il y a en effet de grandes chances qu'il se fasse buter devant ses gosses. Et ils sont encore petits. Et si je n'appelle pas, sa morue risque de dessaler…

Ce type cherche un suicide assisté. Il n'a pas les couilles de se faire sauter le caisson tout seul. Connard ou victime, peu importe, il est au bout du rouleau.

Vous feriez quoi ? Intervenir en douce et risquer le camp d'internement si vous vous faites prendre hors de votre domicile ? Pour des blaireaux que vous ne connaissez que de loin ?

Ne me faites pas rire !

Il y a bien des émeutes que l'humanité a foutu le camp de mon schéma. J'en ai trop vu depuis 5 ans pour me laisser aller à écouter mon cœur de midinette. La solidarité, l'assistance, toutes ces conneries, c'était quand les lois et la morale civique y obligeaient. Aujourd'hui, la non-assistance à personne en danger, ça n'existe plus. Plus personne n'a vocation à sauver quelqu'un. Et aider un homme, une femme, ou même un enfant, c'est se mettre en danger. J'ai vu trop de couillons passer l'arme à gauche pour un bon geste.

Je n'étais pas spécialement philanthrope avant l'avènement de l'Ordre Nouveau. J'ai toujours pensé qu'à plus de quatre, l'homme est une bande de cons. J'ai toujours essayé de me démerder pour faire mon petit bonhomme de chemin sans dépendre de la masse. Mais, c'est vrai, par le passé, il m'est arrivé de jouer au bon samaritain. J'ai défendu et protégé et même à une époque de ma vie, servi. Plusieurs fois dans mon existence, j'ai sauvé des mouilles, plusieurs fois j'ai été généreux jusqu'au point de me mettre en danger.

Mais ces dernières années m'ont fait toucher du bout des doigts la vérité sur l'âme humaine. Et maintenant j'ai les doigts sales. Tachés par une matière indélébile et grasse. Alors, ce que j'en sais ne m'encourage plus à me mouiller pour autrui. Mon constat, c'est que l'humain est un dégueulasse de nature. Et majoritairement représenté dans ses propres rangs. Même si un jour il a été un enfant, il se démerde pour l'oublier en grandissant.

Je me concentre sur cette revue pour penser à autre chose qu'aux cris des voisins. Il y a un long article sur les clubs libertins en double page. Ça doit encore exister, mais seulement pour la haute. Plus jeunes, ma femme et moi aimions bien y aller faire un tour de temps en temps. Surtout elle d'ailleurs. Elle aimait bien se partager avec une autre femme. Mais autre temps, autres mœurs. De nos jours, l'homosexualité est à nouveau considérée comme une maladie honteuse, comme une déviance nécessitant de la rééducation. Qu'elle soit masculine ou féminine. Nous sommes revenus au temps des dinosaures des genres.

La condition féminine pour l'Ordre Nouveau, comme elle est vendue, quand j'y pense, c'est une vraie romance ! On ne dit plus « mère » dans les médias, mais seulement « génitrice ». C'est devenu un métier. Une fonction unique. Socialement, la révolution portée par le Guide Suprême a changé la donne : il n'y a plus officiellement que deux types de femmes. Les mères et les autres. D'ailleurs, être mineure ou majeure quand on est une femme est une notion légale qui a elle aussi disparu. Je ne saurais pas dire à partir de quel âge une fille est considérée comme adulte. La catégorisation de la population a fait sauter tous les barrages et a noyé tous les repères. La notion d'enfance devient floue. Même les agressions sexuelles faites aux femmes ne sont plus reconnues par la loi. Pour la simple raison qu'avec les mesures prises par l'État, elles ne doivent normalement plus exister. Puisque toute promiscuité est interdite et sévèrement réprimée. Pourtant, au sein des couples existant encore et des familles, le viol et l'inceste sont certainement toujours d'actualité. Et le phénomène est certainement décuplé par l'enfermement. Et l'impunité.

Pour les femmes non mères, l'égalité féministe tant revendiquée sur ces dernières décennies est enfin acquise. Et c'est sur cette idée qu'elle est vendue par la propagande. Mais, les féministes d'avant y perdent leur identité comme les moindres privilèges. Plus de parades sociales et plus de provocations. Plus de revendications non plus. Pas plus que d'avenir. Pour tout dire, les femmes sont devenues esclaves comme les hommes, exactement sur les mêmes bases. Avec la politique de limitation des naissances en place, très peu d'entre elles pourront changer de statut comme de catégorie. Pour la majorité des jeunes femmes, l'horloge biologique tournera dans le vide d'un espace-temps confiné. Comme la misère sexuelle les guettera. Il y a suffisamment de logements libres pour éloigner les gens les uns des autres.

Pour *les numêtres femelles de catégories C et D*, voire pour les B sans relations et sans ambition, tout changement sera impossible. Et quand l'âge limite sera atteint…

Sur les formulaires administratifs de l'Ordre, on ne trouve plus les mentions sexe « masculin » ou « féminin ». Seulement les appellations contrôlées « mâle ou femelle ». Je me doute qu'une sélection de race sur des critères nauséabonds est déjà plus ou moins en place. J'imagine que la politique sera de sélectionner tel type d'individus pour être soldat, tel autre type pour être ouvrier, tel type de femmes pour être reproductrice et ainsi de suite. Ils veulent un monde organisé pour leur service exclusif. Et ils y travaillent sans relâche.

Pour le troisième sexe, en revanche, c'est mort. Il déplaît à l'Ordre Nouveau que certains individus tentent de se démarquer d'une façon ou d'une autre. Les transsexuels ont été déclarés *contre-nature* et sont traqués.

Étrangement, plusieurs hauts dignitaires identifiés comme homosexuels par le passé (le Guide Suprême lui-même était soupçonné par les tabloïds de fonctionner à la voile comme à la vapeur) ne sont pas concernés. La pédérastie doit être devenue un luxe réservé à l'élite. Plus généralement, rien de ce que nous subissons, aucunes des lois qu'ils impriment, rien ne les affecte ni ne les concerne directement. Et dans quelque temps, la population aura oublié ce qu'ils sont, tant l'information les concernant se verrouille jours après jour comme leurs passés s'effacent miraculeusement. Le Directoire sera bientôt un satellite. Et le palais du Guide Suprême deviendra probablement son soleil.

Un des seuls exemples qu'ils donnent au peuple par rapport à leurs lois et leur conception de la société de l'Ordre Nouveau, c'est l'absence totale de femmes sur les postes décisionnaires. Ces types haïssent les femmes. C'est un fait. L'Ordre Nouveau réagit comme l'Église en son temps. Comme bien d'autres religions par le passé. Les femmes sont à nouveau les cibles. Elles sont coupables de tout. Elles ne doivent plus avoir droit de décisions, elles ne doivent plus intervenir dans la vie publique. Sur bien des points, l'Ordre Nouveau est conservateur et passéiste. Ses fondateurs naviguent sur un mélange de royalisme de la plus belle époque, de communisme despotique et de nazisme. Et ils bâtissent des fondations en béton armé. Ils ont l'intention de durer.

***

XXXII

« Contrairement au vieil adage populaire, le père d'un enfant n'est pas celui qui l'élève. Le père d'un enfant est son géniteur. C'est la seule vérité et il ne saurait y avoir un autre père reconnu par l'Ordre que le géniteur de l'enfant. L'Ordre Nouveau ne permet plus ce genre de décadence morale. »

(Déclaration du Guide Suprême, mois 7 de l'an 0)

« Nous testons, nous produisons et après, nous vaccinerons. »

(Propagande d'État)

Le virus Terminator fait ponctuellement son grand retour. On ne parle presque plus des autres variants. Il tue comme la peste au Moyen Âge à chacune de ses visites. Cette fois, ce n'est plus utile de truquer les chiffres et d'attribuer chaque décès survenu en hôpital au virus pour maintenir la population dans la peur. D'ailleurs, on meurt plus à domicile que dans les rares hôpitaux qui restent en service ou que dans les mouroirs de quarantaine. Dans les villes comme ailleurs, un logement sur trois a des scellés bleus sur la porte.

On ne pense même plus à sortir de chez soi quand il refoule du goulot, le Terminator. Contraint et forcé, par la peur comme par les armes au quotidien, là c'est la terreur absolue qui règne devant l'invisible et microscopique ennemi. On prie pour continuer à l'éviter. Pour ceux qui y croient encore. Comme on attend le miracle promis de la nanotechnologie et de ses guerriers stratèges, tueurs de toutes formes de grippes. Tous les jours, on nous en parle. Du remède sauveur d'une humanité disciplinée et reconnaissante. Et soumis à condition. À condition et à statut social.

D'abord, il sera pour ceux qui dirigent, ensuite viendra le tour de ceux qui maintiennent l'ordre et qui garantissent l'exécution des décisions de ces mêmes dirigeants, ensuite il sera pour ceux qui soignent, ensuite ceux qui produisent les biens de consommation, enfin ceux qui s'occupent de leurs livraisons.

Le consommateur reste le dernier. Comme le travailleur non essentiel. L'improductif n'est pas mentionné. Vieux ou jeune. Malade ou sain. Mais, toutes les sous-catégories ont bien compris qu'elles n'y auront pas droit. Et, ce remède existera-t-il vraiment un jour ? Comme le Terminator, n'est-il pas une arme téléguidée ? Une bombe à retardement qui nous pètera à la gueule dix fois plus fort.

Tous les théâtres, les cinémas, les bibliothèques et les salles de spectacles ont été réquisitionnés et aménagés en futurs vaccinodromes pour le prochain miracle technologique égal en importance dans l'histoire de l'humanité à la maîtrise du feu et à l'invention de la roue réunies. On nous le promet pour *dans quelques mois*. On nous dit : *la structure est prête. Nous testons, nous produisons et après, nous vaccinerons.* Pour l'instant, les salles de spectacles ou de sport sont les nouvelles morgues d'où partent les convois funéraires à chaque retour du Terminator. Ou de la guerre civile.

Les aéroports et les gares aussi sont devenus des *no go zones* soigneusement verrouillées. Les trains ne fonctionnent que pour les marchandises et les travailleurs *déplacés*. Les frontières sont toujours fermées et les déplacements aériens et ferroviaires, comme autoroutiers, sont interdits depuis le mois de mars 2022 pour les particuliers. Depuis 2023, plus un seul véhicule particulier ne circule. Les travailleurs indispensables au fonctionnement de l'Ordre et à l'approvisionnement de la population restent sur leur lieu de travail pour produire. Ils alternent par tranches de cinq jours leurs déplacements de leur domicile à leur lieu de travail. C'est l'armée qui les convoie. La plupart du temps, ils logent dans les anciens hôtels ou les anciens restaurants qui sont transformés en dortoirs collectifs. Ils sont testés à chaque nouveau roulement. Si l'un d'entre eux est positif, il est immédiatement placé en quarantaine. Sans aucun pouvoir de décision sur son sort. Et sans pouvoir entrer en contact avec ses proches. On murmure qu'il y a plus d'une trentaine de camps *d'accueil pour travailleurs contaminés* sur le territoire. On les dit immenses et totalement concentrationnaires.

J'avais un ami qui enquêtait sur le sujet, sociologue et écrivain. Mais il y a longtemps que je n'ai plus de nouvelles de lui et de ses « camarades ». Tout comme les artistes, les intellectuels sont mis à l'écart. Violemment, le plus souvent. Quand les menaces ne suffisent pas à les dissuader de réfléchir.

Depuis 2023, la circulation automobile est réservée aux *essentiels*, comme on les appelle. Pour les autres, la voiture devait rester au garage. Si garage il y avait. D'ailleurs, elle n'était plus assurée. Seulement pour son immobilisation. C'était obligatoire et presque aussi cher qu'une « tous risques » classique. Toutes les polices d'assurance *roulantes* avaient été suspendues si la profession du signataire n'était pas *essentielle*. Un véhicule non assuré était immédiatement dénoncé et pris en charge par les services publics. Même un scooter. Même un vélo. En périphérie de villes, sont stockés en plein champ des tas de voitures qui ont été confisquées ou réquisitionnées par les polices municipales. Les voitures qui étaient devenues *non roulantes*, c'est-à-dire ne démarrant pas sur la demande express d'un fonctionnaire ou assimilé, même simplement celles qui avaient le réservoir à sec ou dont les pneus étaient crevés (souvent par les patrouilles territoriales nocturnes à cette époque) étaient chargées sur des camions à plateaux et sorties des villes. Une facture était présentée au propriétaire pour le transport comme pour le stockage ; à moins qu'il ne renonce de lui-même à sa carte grise. Avec le revenu universel qui s'est mis en place en suivant, peu de gens pouvaient s'offrir le luxe de payer les « frais ». La mesure, déjà prise au prétexte de libérer des axes sanitaires prioritaires dans les villes pendant un pic épidémique gravissime, s'est alors simplement généralisée. De plus, les assureurs avaient anticipé avec une fulgurance tarifaire historique et courant jusqu'à la date anniversaire du contrat. Bénie par l'Ordre, cela va de soi. Au nom de *l'équilibre économique* et du *grand chantier vital écologique.* 3 ans plus tard, plus un seul particulier ne possédait un véhicule roulant.

***

XXXIII

« Le sexe est une perversion de l'Ancien Monde. Il n'y a nul besoin de rapports sexuels pour vivre pleinement son potentiel naturel et s'épanouir. Les rapports sexuels mènent à diverses contaminations et la contamination mène à la mort. »

(Discours sur l'hygiène sexuelle autonome du ministre du Bien-être et de la Santé.)

Le couvre-feu permanent est le moyen de transport idéal pour se suicider. Simplement en sortant dans la rue et en jetant des pierres sur la patrouille. Les miliciens ne font pas dans le détail. Les corps ne sont ramassés que plus tard, par les camions de la voirie. Les mêmes que ceux qui œuvrent pour les ordures ménagères. Il paraît que dans certains quartiers des villes, il suffit d'éclairer en grand la pièce, d'ouvrir la fenêtre et d'y paraître en criant « vive la vie » pour que les miliciens ouvrent le feu.

« Vive la vie », ou les deux « V », sont à la fois le symbole et le slogan de la résistance. De l'unité de la droite et de la gauche. Ils excluent le centrisme. Cause de tous les maux.

Les « V » à l'endroit et superposés sont l'inverse du dessin du grade militaire de caporal. Surnom donné au chef de l'Ordre que beaucoup comparent déjà à deux autres célèbres petits caporaux de l'Histoire.

On a vu des groupes paramilitaires composés de pronazis et de types de l'ultra gauche agir en commun et revendiquer d'une seule voix leurs actions en 2022 et 2023.

Depuis, les informations sont totalement verrouillées. Le pays est une zone de guerre permanente. D'après le ministre de l'Intérieur : *Ces gens réfractaires aux lois mettent en péril le pays.* Aussi, l'Ordre ne met aucune limite à ses actions pour les combattre. La démarche est officielle et assumée et renforce la diffusion de l'idée souveraine de « *l'Ordre plus fort que le mal* ».

Ce qui tue beaucoup, c'est le sexe. Ou plutôt le manque de sexe. De jeunes types célibataires risquent leur vie tous les jours et dans tout le pays pour aller tirer un coup. Ils sautent les barrières, escaladent les murs, nagent, grimpent, rampent… de vrais clébards. Il paraît même que certains se sont fait prendre à creuser des tunnels. Pour la compagnie d'une femme, ils feraient n'importe quoi. Mais le pire, c'est que des femmes sont payées pour attirer ces gus dans leurs filets pour les piéger ou pour leur soustraire des renseignements. Depuis le grand confinement, il est impossible de sortir. Mais, la mise en place des mesures carcérales définitives a pris du temps. Et malgré les virus et les pics successifs des pandémies, dans ce contexte de mort, de guerre et d'insécurité, jamais la population n'a autant baisé qu'à cette époque. Avec ou sans consentement, pour acheter, pour survivre, pour fuir ou par vice, tout simplement. Songez que pendant quelques mois, l'impunité était totale. Il n'y avait plus de lois et plus de carcans sociaux. Plus de tabous. La plupart des gens, surtout les jeunes, partaient du principe qu'ils allaient crever de toute façon. Alors, c'était parti pour la partouze de fin du monde.

Puis, par force, les choses se sont normalisées quand l'Ordre a repris la main. Et surtout, a tout fait pour que les gens ne vivent pas ensemble dans le même espace en appliquant au début, une série de lois qui favorisaient les célibataires, parfois plus que les familles.

Depuis, le ministère de la Santé publique donne des cours télévisuels sur *la fornication à risque* et sur *l'hygiène sexuelle autonome*, et ce plusieurs fois par jour. Car ils ont fini par comprendre que c'est principalement le manque de sexe qui pousse les fraudeurs à braver le couvre-feu. Ou à devenir dissident. C'est le constat *du ministère des Statistiques et de l'Étude des populations*, nouvellement créé.

La pornographie a totalement disparu des écrans. Et toute production d'images, de textes ou autre à caractère sexuel est fortement sanctionnée. Des fidèles endoctrinés traquent le moindre téton sur le web et dénoncent sans vergogne les contrevenants à la police de *mœurs et de la bonne évolution.* Une jeune femme qui poste une image d'elle avec décolleté plongeant, maquillage et nombril à l'air, ou une photographie de ses jambes nues, a toutes les chances de trouver les ennuis. Alors, on suggère aux célibataires de se branler et d'oublier jusqu'à l'idée même du rapport sexuel avec autrui. Mais ça ne convainc pas grand monde. Je me mets à la place d'un type de moins de quarante balais, vivant seul et n'ayant aucune opportunité sexuelle ou amoureuse…

Les femmes semblent mieux s'accommoder de cette misère sexuelle que les hommes. Enfin, disons que l'on en parle moins, et que la propagande s'adresse surtout aux hommes. Mais rien ne préservera plus le ventre des femmes.

***

XXXIV

« La variété des produits alimentaires est un défi de productivité. Un défi qui monopoliserait trop de ressources humaines et industrielles, alors qu'il y a tant à faire pour reconstruire et donner le nécessaire à l'impulsion vitale à l'Ordre Nouveau. Dorénavant et encore pendant une longue période, il faudra se contenter de l'ordinaire. Se nourrir est essentiel, mais le plaisir est secondaire. »

(Déclaration du Guide Suprême, An 0)

J'inspecte les placards de la maison. Je constate que je ne serai pas livré avant trois jours et qu'il n'y a plus grand-chose à manger. Je vais encore devoir taper dans les réserves d'avant-guerre. Elles ont dramatiquement baissé. Les dernières conserves seront bientôt servies. Une fois par semaine, la mairie livre ses habitants. Elle conditionne les poudres dans la grande surface du coin, réquisitionnée et transformée en usine à merde. Nous n'avons plus droit qu'à du lyophilisé et du séché depuis 3 ans. Y compris pour la viande. Enfin, disons pour ce qu'ils nous vendent pour de la viande.

Les commandes des ménages sont standards et bien évidemment liées aux crédits virtuels disponibles sur les comptes d'utilisateurs. Les formulaires sont à remplir sur un Internet bancal qui demande une patience de moine tibétain. S'ils existent encore.

On y vend uniquement des produits essentiels. Nourriture et hygiène. Pour notre catégorie, en tout cas. Il semblerait que pour les D, ce soit encore pire. Avoir un enfant ou une femme, ou les deux, permet d'accéder à d'autres menus déroulants qui donnent accès au lait, au sucre et aux fruits secs. Pour un homme seul, ce n'est pas possible. Il n'y a que les mélanges de légumes et de protéines de disponibles. Il y a en tout et pour tout, une vingtaine de produits alimentaires au choix. Et cinq produits ménagers et d'hygiène. Le poisson, c'est à partir de la catégorie B. Comme le vin. Comme les fruits frais et les laitages ou encore l'huile, le beurre et les condiments.

Je soupire de désespoir, mais je savoure mon café en même temps. Non seulement il devient difficile de s'en procurer, mais son prix a triplé. Un court répit pour l'esprit, ce café édulcoré… car l'angoisse me reprend avec le syndrome de la tasse vide. Je bois le café par litres depuis des années. Je suis écrivain. Et j'étais un écrivain qui fumait et qui buvait du café à longueur de journée. Je suis en manque. Je voudrais la révolution. Rien que pour ça. Mais j'ai bien peur qu'elle n'ait pas lieu de mon vivant cette salope de kermesse.

Je ne comprends rien à mes contemporains. Je me souviens pourtant très bien de ces grandes gueules de réfractaires, régionalistes et batailleurs, corporatistes et anarchistes, écologistes et insoumis, tous soi-disant épris de liberté. Tous défiant le pouvoir dans de longs cortèges protestataires. Aujourd'hui, je ne peux que constater la soumission totale d'un peuple enserré dans un étau aux mâchoires forgé par le diable en personne. Tous ne pensant qu'à leur cul.

Et moi le premier.

Alors je réfléchis. Je suis un complotiste parce que je cherche à m'enfuir. Je suis un activiste parce que je ne m'en remets pas aveuglément à l'Ordre. Je suis un terroriste parce que je résiste.

Et je suis un anarchiste parce que je ne crois pas au collectivisme, qui incarne pour moi l'horreur des religions et du fascisme.

Je ne me sers plus de mon ordinateur pour écrire ce qui ne sera désormais jamais publié. Ma vingt-huitième édition était la dernière. La seule chose que je publie depuis six mois, ce sont des nécrologies. Là aussi, on embauche. Et en masse. C'est devenu le seul moyen pour les familles de rendre hommage à leurs morts. Il y a des sites dédiés. Je suis payé en crédits virtuels. Qui me permettent de créditer « *mon compte de charges* ». Nouveauté créée par l'Ordre pour apprendre aux pauvres à gérer leur budget.

Déjà, depuis les scandales venus d'Afrique du Nord et de Russie sur l'espionnage numérique et sur les écoutes téléphoniques en 2021, puis à cause de la lutte contre le terrorisme, des lois étaient passées en masses et l'État avait déjà tous les droits pour intervenir dans la sphère privée de l'individu. Mais, sous la dictature, le numérique restant que vous utilisez ne vous appartient plus. Pas plus que vos données, même si elles sont aujourd'hui réduites au minimum. Votre disque dur peut être à tout instant violé à volonté et vous vous retrouvez convoqué en visioconférence avec les bureaux de la milice de votre secteur si discordances il y a.

Alors j'écris au dos de mes anciens manuscrits, de mes vieux tirages papier ou de mes vieilles impressions. Le papier et l'encre d'imprimante ont disparu de toute façon. Il faut une raison « *essentielle* » pour pouvoir en commander. Heureusement, j'ai un bon stock de crayons…

Je songe qu'au début de la fin, en 2020, la technocratie avait multiplié les tentatives foireuses pour faire semblant de préserver la démocratie. Et la République. Notre sacro-sainte République. Ce qui avait eu pour conséquence directe de fracturer le pays un peu plus. Et devant les morts qui s'additionnaient comme les feuilles sur les trottoirs d'automne dès 2023, tous les dissidents qui n'étaient pas encore rangés par le bon peuple dans la case « *complotistes* » s'y retrouvèrent automatiquement. Muselés définitivement. D'ailleurs, ce sont les crises politiques successives qui ont entraîné la naissance au forceps de la sixième République et ce ventre pollué a accouché d'une dictature. La propagande nous fait comprendre que notre Guide a adopté l'enfant, qu'il lui a généreusement donné son nom et que c'est un homme dévoué et fort. Intelligent et prudent. Humaniste.

Ce régime est un enfant de l'hiver. Un enfant malade. Et son père est un tyran heureux, soutenu par l'intelligentsia d'un pays gangréné par la peur, la corruption, le dénuement et la guerre. Un pays qui fut pourtant membre politique d'une Europe tuée avec préméditation. Piquée pour raison sanitaire. Abattue comme une bête malade. Et maudite par ses populations. Puis est venu l'an zéro.

***

XXXV

« Votre drapeau est non seulement votre essentiel, votre propriété intime, mais aussi votre guide.

Et je suis celui qui représente humainement votre drapeau. »

(Discours du sacre, Guide Suprême)

Je me souviens, il y a six ans, à peu près à la même date qu'aujourd'hui, je me promenais à la ville, les mains dans les poches et la clope au bec. Je sortais d'une bonne brasserie, repu et débonnaire. Ma femme était partie à son rendez-vous chez le coiffeur, le matin nous avions fait du shopping, et le soir nous avions rendez-vous avec nous dans la magnifique chambre d'un petit château non loin de là.

Nous venions d'acheter un petit cabriolet, un vieux modèle très classe. Je l'avais garé dans une petite rue tranquille, devant le troquet d'un ami. J'avais bu de la bière en bonne compagnie et refait le monde au comptoir. Après, le journal sous le bras, je flânais dans les vieux quartiers, admirant l'histoire, l'art et le temps. Entrant dans des galeries, dans des librairies, dans des épiceries fines en m'autorisant quelques achats. Arrivé au château des ducs, à la fin de ma déambulation, je me souviens que je me demandais alors comment à une époque si lointaine, ce pouvoir aristocratique et tyrannique avait pu s'installer au milieu de la vie des gens avec une telle démesure.

Comment avaient-ils pu faire construire remparts et douves, châteaux et donjons, et régner en maîtres absolus sur le peuple ? Comment avaient-ils osé se faire appeler seigneurs et maîtres ? Pourquoi ce système avait duré plus de mille ans avant d'être abattu ?

Je me sentais bien alors, encore à peu près confiant dans notre système politique et économique. Je n'aimais pas tout, je ne comprenais pas tout, mais j'étais globalement rassuré sur l'époque que je vivais. Je me rends compte aujourd'hui que je ne voyais rien.

Que j'étais aveugle.

Cocufié.

Trahi.

Et pour finir soldé.

Le bon sens et la bêtise s'affrontent depuis la nuit des temps et l'obscurantisme et la connaissance en conséquence. Mais, maintenant que nous en sommes là, nous tous, que nous constatons que les atouts de l'humain l'ont mené à sa perte et que ses handicaps pourraient au final le sauver de lui-même, car ils l'empêcheraient d'aller plus loin et de continuer à subir, je voterais haut la main pour un retour en arrière, au plus profond des âges.

L'humanité a produit le pire et le meilleur.

Les défis étaient nombreux.

Ses réalisations sont conséquentes, dans tous les domaines. L'art, les sciences et la technique, la domestication des éléments et de la nature... l'humain a même osé donner des réponses à la mort et à la vie. Nos civilisations n'ont eu de cesse de progresser tout au long de leurs ères, d'imaginer et d'inventer. De créer. D'explorer. De croître et de multiplier.

Mais cela n'est valable que pour une partie de cette humanité. L'autre moitié n'a fait que la tirer vers le bas. L'une a construit et l'autre a détruit. C'est là son malheur. Et c'est là aussi, peut-être, sa sauvegarde. Depuis le commencement, tous les fléaux du monde se sont opposés à quatre frêles petits mots, mais qui sont essentiels pour l'équilibre et pour que l'intérêt de la vie soit préservé : le bonheur, l'amour, la paix et la liberté.

La lutte est permanente. Et la victoire du bien fut à chaque fois fêtée, partout dans le monde. On vainc le mal. On se bat pour le bien. Même si sans bon sens et sans morale, ces deux valeurs sont abstraites.

Aujourd'hui, comme hier, comme dans tous les systèmes totalitaristes, ou se voulant mondialistes, ou collectivistes, on nous vend le mal pour le bien et le bien pour le mal. On chahute des valeurs inscrites au plus profond de nos êtres qui se passent pourtant naturellement de tout endoctrinement. De toutes suggestivités. Il n'est pas nécessaire d'avoir un curé ou un flic dans son dos pour savoir si l'on fait bien ou mal. Il n'est pas nécessaire de lire un texte « sacré » ou le Code pénal pour éduquer sa conscience.

Et pourtant, nous trimballons les mêmes problèmes depuis que le monde est monde. Nous confions nos destins à des puissants, en alternance, despotes ou libérateurs, qui se battent pour leurs pouvoirs individuels comme pour le pouvoir des peuples, nous essayons des méthodes nouvelles qui un jour ne conviendront plus à leur tour, nous doctrinons, nous endoctrinons, nous dérivons, nous explorons, nous contestons, nous tuons et nous donnons la vie pour en revenir toujours au funeste point de départ : un collectivisme géré par la politique, la religion et la finance. Au détriment de tout le reste.

Parfois, je me dis que les gens ne se rendent pas compte qu'ils n'ont qu'une vie et que quoi qu'en disent leurs religions, quels que soient les paradis ou les enfers qu'on leur vend, quel que soit le drapeau derrière lequel ils se rangent, et, quelles que soient les armes qu'ils ont en main, ils n'ont qu'une seule vie. Une seule. Et un drapeau, au pire, c'est une idée, non un homme.

***

XXXVI

« La liberté est l'affaire de tous. Combattre l'oppression est le devoir de l'homme juste.

Soulevez-vous !

Battez-vous !

Rejoignez-nous !

Venez grossir les rangs des hommes et des femmes de la résistance. »

(Tract de la résistance, janvier 2025)

J'ai commis mon véritable premier acte de résistance ce matin. J'ai planqué un fuyard. Chez moi. Un type qui est littéralement sorti du sol juste devant ma porte. Alors que la patrouille allait arriver et qu'il n'avait pas où se planquer immédiatement. Il aurait été directement abattu. Pris pour un habitant du village, ou pour un pilleur, ou un fraudeur, ou un resquilleur. Pour une jeune femme, je ne serais pas intervenu. Elle aurait été arrêtée. Certainement pas tuée. Ils ont d'autres consignes.

Je connais par cœur leur routine à force d'observations, ainsi que les trois schémas répétitifs de vols de drones au-dessus du quartier. J'ai vu ce type surgir du sol, du milieu de la rue, par l'égout principal, depuis mon « passe-plat » que je tentais de réparer. Et j'ai immédiatement ouvert ma porte sans réfléchir. La patrouille allait arriver dans la rue. Et le drone affecté au quartier repassait dans les deux minutes suivantes. À peine l'inconnu était-il entré chez moi et la porte refermée, que les salopards en combinaisons étanches déboulaient dans la rue. Je ne crois pas qu'un voisin m'ait vu. Il faut le souhaiter. J'ai pris un risque insensé. Mais cela a été plus fort que moi. Je n'en peux plus de ne rien faire de concret pour lutter.

***

XXXVII

« Vivez avant d'être tué. »

(Slogan de la résistance, novembre 2024,
diffusé par des actions de piratages informatiques)

Voici plusieurs jours que je n'ai pas écrit. J'ai dû me débattre avec ma femme à cause de ce type que j'ai planqué dans notre maison. Elle m'a traité de fou et d'inconscient. Elle a probablement raison. Mais encore une fois, je ne regrette rien, c'est mon instinct qui m'a poussé à agir de la sorte. Et s'il m'y a poussé, c'est qu'il y a forcément une bonne raison. Je suis trop vieux pour me mentir.

Mais elle n'a pas été très agréable avec notre invité. Par moments, j'étais un peu gêné de son comportement envers lui. Un vieux reste de civilité qui m'habitait encore, sans doute.

L'homme était extrêmement méfiant quand je l'ai recueilli. Surpris de recevoir de l'aide. Se demandant probablement où était le piège. Il était armé et bien que sonné, extrêmement nerveux. Il était blessé aux mains et à la tête. Plein de terre et de merde. Il venait des vieux souterrains qui servaient autrefois à la contrebande. Je les croyais définitivement condamnés à cause des éboulements. Ils faisaient partie des charmes touristiques du village et du folklore typique de la région, avec les chemins douaniers alentour. Dans le coin, à cause de la proximité avec les frontières, les trafics d'alcool, de tabac et de café du XIXe siècle allaient bon train. Ces tunnels avaient été développés à partir des champignonnières du siècle précédent. L'autre spécialité locale, avec l'alcool de noix. Visiblement, il y a encore certains couloirs praticables. Il me dira par la suite que les principaux couloirs, ceux avec des voûtes en pierre et des étais en ferraille, étaient encore très sains d'après lui. Mais les transversales restaient dangereuses. Une canalisation d'eau pétée aurait provoqué un effondrement d'un des couloirs secondaires. Le piégeant ainsi.

C'est probable. L'eau a la couleur de la pisse d'âne depuis trois jours. Et il n'y a presque plus de pression au robinet. Ces tunnels sont fermés au public depuis des années. Il n'y a que quelques petites salles qui étaient visitées par les touristes. Les accès aux couloirs étaient murés depuis des décennies. Il y avait eu des accidents avec des gosses du village qui jouaient aux explorateurs. Les miliciens devaient les croire condamnés. Ou peut-être qu'à la mairie, le jour de l'invasion, ils ont eu la présence d'esprit de détruire le cadastre. Je ne sais pas. C'est sûrement quelque chose de cet ordre qui a dû se passer.

Il dit avoir donc été pris sous un éboulement, et c'est pour cette raison qu'il a dû remonter à l'air libre et qu'il a risqué de se faire buter par la milice. Il ne pouvait plus faire demi-tour ni avancer dans la direction où il se trouvait. Blessé, faible et sans eau potable, il n'aurait pas tenu longtemps.

Il est resté presque trois jours dans notre maison. Il a beaucoup dormi. Avant de lui donner une chambre, des soins et de la nourriture, je l'ai désarmé. Il n'a pas eu le choix. C'était ça ou la bagarre. Et comme il était blessé, même s'il est plus jeune que moi, il a vite compris qu'il n'aurait pas le dessus.

La cohabitation était tranquille par la suite.

Je l'ai beaucoup observé.

Il m'a paru être un type bien.

Je pense qu'il est de la résistance.

Et que c'est probablement un officier.

Un ancien militaire.

Un déserteur de l'Ordre Nouveau.

Ce type a reçu une formation sérieuse. C'est visible. Il a des réflexes et un langage propres aux gars des écoles militaires d'avant l'effondrement. Il m'a dit s'appeler Victor. Et être originaire de la région. Peu importe si c'est vrai ou non. J'apprécie sa compagnie. Et son audace. Et surtout, je veux en savoir plus sur la résistance. Mais, je ne sais pas si j'arriverai à obtenir des confidences.

***

XXXVIII

« La nuit imposée par les tyrans ne tuera pas notre liberté. La peur ne tuera nos convictions. La répression ne tuera pas notre détermination. Nous vaincrons. Quel qu'en soit le prix. »

(Extrait du discours radiodiffusé du porte-parole de la résistance.)

Victor est reparti. Sans encombre. De nuit. Mes observations sur les mouvements des miliciens et leurs appareillages sont « dignes d'une horlogerie suisse » m'a-t-il dit, après avoir vérifié mes données pendant presque 24 heures. Je lui ai rendu son arme quand il est sorti. Sans qu'il me la demande. J'aurais bien aimé la garder, mais il en avait encore plus besoin que moi. J'ai simplement gardé deux balles pour les coincer dans un petit étau. Prêtes à frapper au marteau. On ne sait jamais. Je le lui ai dit. Il a enlevé le chargeur de son automatique et m'en a donné une troisième. Nous nous sommes serré la main pendant quelques secondes en nous regardant avec émotion, puis à l'heure « H », il est sorti par le jardin. Entre drone et patrouille. Nous avions repéré son trajet à la jumelle la veille et nous y avions associé le quadrillage des plans des miliciens et les horaires.

Je ne sais toujours pas s'il s'appelle réellement Victor.

Et je ne le saurai jamais.

Peu importe.

Voir quelqu'un, parler avec quelqu'un de l'extérieur m'a fait du bien. Depuis presque deux ans, nous vivions en vase clos. Victor, c'était du nouveau. Une preuve que nous étions encore humains. Il a câliné notre fils. Il m'a parlé de son petit frère, mort du Terminator. Il n'avait pas tenu d'enfant dans ses bras depuis des années. Il doit avoir dans les 25 ans. Son regard est franc. Il est plutôt beau gosse. Sportif. En le regardant, parfois j'imaginais mon fils à sa place et dans son rôle. Je crois que je serais fier d'avoir un fils comme lui. Dès son réveil, nous avons sympathisé. Les choses ont coulé naturellement entre nous. Jusqu'au rire et jusqu'aux larmes. J'avoue que je m'inquiète déjà pour lui.

La veille, il m'avait dit qu'il fuyait le pays et qu'il voulait rejoindre la mer pour quitter le continent et rallier l'Amérique du Nord où ses parents l'attendent dans une communauté du monde libre. Qu'il avait connaissance de ces souterrains grâce à son père qui a habité un temps le village ! Qu'il s'était évadé d'un CSI.

Je ne l'ai pas cru et je le lui ai dit.

Il a fini par avouer qu'il était officier de liaison et en mission pour la résistance. Et il a précisé qu'il n'en dirait pas plus. Pour notre propre sécurité comme pour la sienne et celle de son réseau.

Le mieux est de tourner la page.

D'oublier l'incident.

Mais je sais que je n'y arriverai pas.

Il m'a demandé s'il pouvait copier mes notes. Surtout celles qui concernent les horaires et les effectifs, les trajets des patrouilles et les positions. J'ai accepté. Il m'a dit que cela sauverait plus d'une vie. Il m'a confié qu'il avait laissé quelqu'un derrière lui dans les souterrains. Une femme avec qui il travaillait depuis plusieurs mois. Son regard était triste. Je crois qu'elle était pour lui un peu plus qu'une collègue. Nous avons tous un rapport différent à la mort depuis quelques années et après tous ces évènements. Seule la vie compte. La mort importe peu. Nous le savons tous désormais. Mais, cela n'empêche pas de souffrir.

***

XXXIX

« La désobéissance civile à l'Ordre Nouveau est un devoir. L'Ordre Nouveau est un organisme nuisible à la vie. Il faut le combattre de toutes vos forces et de toute votre âme si vous voulez lui survivre. Peu importe le temps, les sacrifices, la mort et les douleurs, de la mort. Nous ne céderons pas sans combattre.

Je vous fais le serment que le jour viendra où nous retrouverons la liberté.

Le jour viendra où la flamme réanimée de nos existences s'élèvera si haut dans le ciel que les despotes se terreront dans des caves, effrayés par notre lumière.

Le jour viendra où le courage, la dignité, la force, la volonté et l'humanisme incarneront à nouveau nos valeurs et celles de notre drapeau.

Le jour viendra où ce drapeau flottera à nouveau sur nos institutions libérées de l'abjection qu'est l'Ordre Nouveau.

Citoyens du monde libre, levez-vous et marchez avec nous vers la victoire sur la dictature !

Nous ne sommes pas seuls, nous ne luttons pas seul, d'autres hommes marchent comme nous vers la victoire, partout dans le monde et ils gravissent une à une les marches de l'escalier de la liberté.

Des miliaires et des civils, des médecins et des ingénieurs, des intellectuels et des artistes, des artisans, des ouvriers, des paysans, tous citoyens et combattants de la liberté, ont donné leurs bras, leur intelligence, leurs compétences et leur âme à la cause.

Je suis fier d'être leur chef élu, comme je serais fier de mourir pour eux. De mourir pour la liberté.

Vive la vie et que vive la République ! »

(Extrait d'un discours radiodiffusé du Colonel Colombey, chef de la résistance, décembre 2024)

C'est encore une longue interruption qui vient de couper ce récit. Voilà plus d'un mois que je n'ai pas écrit sur ce journal. Notre fils a été malade. Une simple grippe. Mais, sans médicaments et avec les moyens du bord, nous avons eu du mal à lui faire cracher son mal.

Ma femme m'en veut.

Elle dit que c'est ce « Victor » qui a apporté le microbe dans ses bagages.

Moi, j'en veux à cette saloperie de dictature. Car si nous demandions des médicaments, nous aurions fini en quarantaine et notre fils à l'hôpital. Et qui sait si nous l'aurions revu.

Nous avons dû en plus le faire sortir de son lit chaque jour pour la promenade quotidienne sous surveillance vidéo. Plein de fièvre. Car il faut se montrer, sinon ils passent contrôler. C'était un crève-cœur. Il faisait froid. Il fait encore très froid. Et la pluie est incessante depuis des semaines. Et de le voir là, déambuler seul sous la drache, pour se montrer aux drones était un spectacle horrible. Un seul individu à la fois peut sortir de la demeure pour sa promenade, n'oubliez pas. Nous ne pouvions même pas lui tenir la main et nous devions le forcer de la voix à marcher le long du balisage. J'en avais mal au ventre comme jamais je n'ai eu mal. Je devais retenir ma femme de force pour qu'elle ne se précipite pas vers son enfant. Je ne souhaite ça à personne.

Il s'en est sorti, mais il est encore faible. Ma femme a attrapé la grippe elle aussi, mais cela n'a duré qu'une petite semaine et elle était moins violente que pour mon fils. J'ai cependant eu peur pour elle. Sans eux, dites-moi ce qui aurait encore un sens ?

Je n'ose pas dire à ma femme que ce fameux Victor m'a laissé un message hier. Plus exactement, un message, que j'ai trouvé hier soir. Je ne dormais pas et j'ai entendu, vers une heure du matin, du bruit contre la porte d'entrée. Comme des grattements suivis de petits chocs sourds. J'ai d'abord cru à une de ces saloperies d'oiseaux, ou à du petit gibier d'eau, mais je me suis souvenu que la nuit, ils étaient plutôt rares.

J'ai pensé ensuite que cela pouvait être des pilleurs.

Ou des salopards qui savent qu'une femme vit ici et qui la veulent.

C'est déjà arrivé l'année dernière chez les anciens voisins d'en face. La fille a été violée copieusement et son mec s'est fait buter. Le lendemain, la milice l'a emmené et la maison est vide depuis. Je ne les connaissais pas, c'était des déplacés. Ils avaient moins de la trentaine. C'était un beau couple. Je ne les avais aperçus que de loin. Pendant la promenade.

Mais cette histoire m'avait bouleversé. Je me souviens encore de la voix du flic de la patrouille qui commentait à ses collègues des bureaux ce qu'il s'était passé pour ce jeune couple et qui demandait où transférer « la morue » pour lui recoudre le cul et ce qu'il devait faire du macchabée…

Alors, je me suis mis un grand couteau de cuisine à la ceinture, dans le dos, et j'ai pris la hache. Mais une fois derrière la porte, je n'ai rien vu ni entendu. Dans un premier temps. Parce que peu à peu, j'ai distingué une forme plate dans l'obscurité, comme un gros galet posé sur le passe-plat. Avec méfiance, j'ai ouvert la trappe, puis, à l'aide du tisonnier, car je ne voulais pas passer ma main dehors, j'ai approché l'objet près de l'intérieur pour le saisir rapidement. C'était un message, mais sous forme de plan, enveloppé dans un tract de la résistance qui enveloppait lui-même une pierre plate. J'ai pleuré de joie en lisant ce papier mal imprimé. J'avais enfin entre les mains une preuve matérielle de leur présence dans la région. Victor disait donc vrai.

J'ai eu du mal à le brûler, ce putain de papier, mais il ne faut pas prendre de risque. Si des miliciens perquisitionnaient et trouvaient le tract dans la maison, nous serions probablement exécutés sur l'heure. En revanche, au dos du tract, il était écrit grossièrement à l'encre rouge : « Fuyez ! »

J'avoue que sur le coup, le mot m'a mis en panique.

Puis, j'ai réfléchi. Il se passerait sûrement quelque chose dans les prochaines heures qui m'expliqueraient pourquoi je dois fuir. Je ne sais pas pourquoi, je me fais confiance. Comme je fais confiance aux évènements en cet instant.

***

XXXX

« Le Guide Suprême et son Directoire tuent vos femmes et vos enfants. Ils détruisent vos vies. Rejoignez-nous avant qu'il ne soit trop tard. Faisons-leur payer leurs crimes ! »

(Tract de la résistance lâché par des drones sur plusieurs villes en simultanée depuis plusieurs banlieues murées.)

Aujourd'hui, nous venons d'apprendre que le village devait être évacué en totalité dès demain matin. Des haut-parleurs ont diffusé le message plusieurs fois dans la journée. Et, il n'y a pas eu de patrouilles de miliciens de la journée, justement. Signe que nous sommes devenus des « hors système », tous rétrogradés d'office en catégorie E.

Il n'y a eu seulement que des drones à passer dans la journée au-dessus de nos têtes. Notre village serait contaminé par le « Terminator ». Gravement contaminé. Il doit donc être brûlé. C'est le protocole.

Des camions doivent venir demain matin à l'aube. Nous devons sortir des maisons avec le strict minimum et attendre sur le trottoir, devant les portes, la valise à la main. Le village sera ensuite détruit par des tirs de missiles incendiaires.

Il n'y aura pas d'appels de la population et s'il n'y a pas suffisamment de place dans les camions, les retardataires comme le surplus de population seront abandonnés à leur sort.

Le village est déjà cerné par les militaires. « Tenter de fuir serait mourir », affirme la voix de la bande enregistreuse.

On nous dit que les habitants seront déplacés dans un centre de quarantaine directement après l'évacuation. Enfants d'un côté, parents de l'autre. Deux bus scolaires sont déjà garés sur les hauteurs. On nous précise que toutes protestations entraîneront une sanction immédiate ! Que tout individu présentant des symptômes du virus, comme ses accompagnants, sera laissé sur place !

J'ai grimpé sur le toit de la maison et j'ai vu les feux de camp et les feux de position des militaires. Le village est effectivement cerné. Et bien cerné. Autre signe de fin, aucun des militaires ne porte de combinaison. Autant dire que ces camions n'iront nulle part. Deux batteries lance-missiles sont déjà en place sur la colline. Bien visibles. Vers 8 heures du matin, nous n'avions déjà plus ni eau courante, ni électricité, ni réseau. Puis, une série d'explosions s'est fait entendre vers 9 heures. J'ai vu à la jumelle que le bas village était inondé. La petite centrale électrique qui approvisionne le village brûlait. Le château d'eau était en ruine. Le pont disloqué.

Ma femme m'a demandé si c'était des représailles contre la résistance. Elle avait évidemment parfaitement compris que le fameux Victor en était. Je lui ai répondu que c'était probablement le cas. Ni elle ni moi n'avons cru une seconde que le Terminator était dans le village. Sinon, sa grippe et celle de notre fils auraient été mortelles. Et je n'écrirais pas ces lignes. Une des balles coincées sur l'étau que Victor m'a donné, m'aurait déjà frappé la tête.

Vers 14 heures, mon cocu de voisin a tué sa femme. Il l'a défenestrée. Puis, il est sorti de chez lui comme si de rien n'était. Quelques minutes plus tard, nous avons entendu des tirs d'automatiques qui venaient de la sortie du village. Son sort semble réglé.

Nous avons appelé ses enfants par la fenêtre, mais il n'y a pas eu de réponses. Je me doute qu'ils ne sont déjà plus de ce monde. Sa maison est une vraie forteresse et je n'ai pas de temps à perdre pour y rentrer.

Le cou et le bras gauche du cadavre de sa femme font un angle très étrange au sol. Et la tache de sang noir, vue de l'étage, est impressionnante. J'ai tiré les volets pour que ni ma femme ni mon fils ne regardent ça.

Nous avons entendu d'autres tirs d'automatiques dans l'après-midi. Et des hurlements.

Un petit groupe s'était massé devant l'ancienne mairie. Visiblement, on a tiré depuis les fenêtres du bâtiment municipal. Aucune de ces personnes présentes n'a survécu. Avec l'absence des patrouilles, spontanément, quelques-uns sont sortis et se sont réunis devant la mairie. Un vieux réflexe d'autrefois conséquent à la menace. Ils n'étaient qu'une poignée, mais des salopards de miliciens planqués dans le bâtiment officiel ont fait feu.

Il n'y aurait pas d'autre sniper dans le village, mais je reste prudent. J'ai eu le détail par l'ancien boulanger, qui en rasant les murs a été témoin de la scène. Il déboulait en courant dans la ruelle, je l'ai intercepté par le jardin. Une fois son récit terminé, nous nous sommes souhaité bonne chance et il est reparti vers sa femme. J'aimais bien ce type…

Il était jovial et bon vivant. Il faisait un très bon pain.

***

XXXXI

« Si vous avez perdu l'espoir, dites-vous que vous le retrouverez en luttant contre l'oppression. »

(Extrait d'un discours radiodiffusé du Colonel Colombey, chef de la résistance, décembre 2024)

Ma femme prépare nos sacs ; elle y met ce que je lui demande d'y mettre. Elle ne discute pas. Elle s'active en souriant. Je me rends compte qu'elle n'attendait que ma décision pour lever le camp. Il y avait longtemps que je ne l'avais pas entendue chanter. J'avais oublié que cette femme est plus courageuse que je ne le serai jamais.

Nous partirons dès qu'il fera nuit. Par les souterrains. Le plan de Victor est clair. Je croise les doigts pour que les galeries ne se soient pas effondrées depuis son dernier passage. Je n'en parle pas à ma femme. Mais les explosions que j'ai entendues tout à l'heure me tracassent quant à l'état des sols.

Tout à l'heure, j'ai trouvé une lampe torche emballée dans du plastique dans le jardin. Avec un jeu de piles neuves. Et une arme. Un automatique avec un chargeur de secours. Il y a aussi un message qui m'indique un point de rendez-vous. Hors du village. À environ 12 kilomètres à l'ouest de la sortie présumée des souterrains. Il est sous forme d'énigme, mais je crois que j'ai compris. C'est en relation avec une anecdote que j'ai racontée à Victor lors de sa visite. Si je ne me trompe pas, c'est à couvert. Dans la forêt. L'endroit est bien choisi.

Je crois que l'on nous invite à rejoindre les rangs de la résistance.

Nous n'avons plus rien à perdre.

Nous rejoindrons l'ombre.

Et nous y trouverons son armée.

Nous lutterons.

Et de toute façon, il faudra bien mourir un jour.

Seulement, nous avons choisi de mourir libres.

Et de donner une chance à notre fils de vivre sa vie.

Je ne sais pas comment les choses vont finir pour nous.

Je sais seulement que nous n'aurions pas tenu plus longtemps ici sans nous perdre, même sans cette évacuation. Et je comprends maintenant, que ne plus faire confiance à la vie et ne plus croire en sa chance, c'est mourir.

Je laisserai ce journal dans le souterrain. À la sortie. Caché sous des pierres et emballé dans du plastique.

Peut-être qu'un jour quelqu'un le trouvera et le lira.

Qu'il servira.

Peut-être que vous y trouverez quelques explications quant à nos erreurs et peut-être qu'il vous donnera également quelques réponses quant à notre lâcheté et nos peurs.

Vive la vie.

Bibliographie de Yoann Laurent-Rouault,
Auteur, biographe, adaptateur et illustrateur
aux Éditions JDH et autre.

Tête de pion, journal, éditions Norman.

Aux petits bonheurs ou l'anatomie de la marguerite – recueil de textes, collection My Feel Good. (Sous le pseudonyme d'Arthur Saint-Servan)

Préface pour *Claude Gueux* de Victor Hugo, dans la collection Les Atemporels.

Le conard nu – roman, dans la collection Magnitudes. (Sous le pseudonyme d'Arthur Saint-Servan)

Adaptation française de ***La tragédie de Fidel Castro*, de Joao Cerqueira** – prix international de littérature, collection Magnitudes.

La dictature sanitaire – pamphlet, collection Uppercut, collectif.

Stupeur et confinements – collectif JDH Éditions, orchestration et texte intitulé « Monsieur le ».

Nos violences conjuguées – collectif JDH Éditions, orchestration et nouvelle intitulée « Rue de la soif ».

Tu n'iras pas à l'école mon fils – pamphlet, collection Uppercut.

Bouses de mammouth – collectifs JDH Éditions, orchestration, préface et texte intitulé « Bouse de mammouth ».

Cadavres écrits – collectif de la collection Black Files, orchestration, préface et nouvelle intitulée « Saint Anne de la Miséricorde ».

Préface pour le collectif Homogène, collection des collectifs JDH, JDH éditions.

Préface pour le roman *Dripping sur tatami* d'Hector Marino – collection Nouvelles Pages, JDH Éditions.

Monoparentalité, courses en solitaire, « Le sacerdoce » texte, collectifs JDH Éditions.

Les noces perverses – thriller érotique avec Ana Jan Lila, dans la série *De Stockholm à Lima.*

Immigration mon amour – biographie de Lamia Aamou, collection Baraka, JDH Éditions, le livre sur mesure.

La banquière, le vélo et le pinceau, ou la fieffée nouvelle, collection nouvelles pages, JDH éditions (sous le pseudonyme de Landru.)

Le roman en pièce ou la petite cuillère de porcelaine rouge – théâtre contemporain dans la collection Drôles de pages, JDH Éditions.

Préface pour *Les Onze mille verges* de Guillaume Apollinaire, dans la collection Les Atemporels.

Préface pour *Du contrat social* de Jean-Jacques Rousseau, dans la collection Les Atemporels.

Préface pour *Le livre des esprits* d'Allan Kardec, dans la collection les Atemporels.

Préface pour *Les paradis artificiels* de Charles Baudelaire, dans la collection Les Atemporels.

Préface pour *Les nourritures terrestres*, de Gide dans la collection des Atemporels.

Postface et orchestration des textes pour l'édition ***Des droits de l'homme et du citoyen,*** collection des Atemporels. (À paraître.)

Préface pour *Les propos sur le Bonheur* d'Alain, collection les Atemporels.(À paraître.)

Préface pour *L'affaire Blaireau,* d'Alphonse Allais, collection des Atemporels. (À paraître.)

Les 84 marches, roman d'anticipation, collection F-Files, aux éditions JDH.

F-Files

Fantastique, Fantasy, Science-Fiction… Trois genres différents représentés par trois couleurs différentes, mais réunis en une seule et même collection : F-FILES de JDH ÉDITIONS. La collection qui vous fera voyager dans d'autres univers.

À découvrir dans la même collection :

Maladie X – Patricia Vidal Schneider

L'appel de Clara – Cécile Ducomte

Cortex Noir – Léo Falke

Mannaz – Christophe Fourrier

Découvrez les autres collections de JDH Éditions

Magnitudes

Drôles de pages

Uppercut

Nouvelles pages

Versus

Les Collectifs de JDH Éditions

Case Blanche

Hippocrate & Co

My Feel Good

Romance Addict

Black Files

Les Atemporels

Quadrato

Baraka

Les Pros de l'Éco

Tierra Latina

L'Édredon

La revue littéraire de JDH Éditions